Rendez-vous à la Porte dorée

DE LA MÊME AUTRICE

Sous le soleil de mes cheveux blonds, Stock, 2019 ; Le Livre de Poche, 2020.

L'homme que je ne devais pas aimer, Flammarion, 2022 ; Le Livre de Poche, 2023.

Agathe Ruga

Rendez-vous à la Porte dorée

roman

Flammarion

ISBN : 978-2-0804-4200-0

Pour Pénélope et Clotilde.
À Albane.

« Elle était de ces gens qui détruisent tout
et qui appellent ça de l'Art. »

L'Avancée de la nuit, Jakuta Alikavazovic

J'ai oublié pourquoi je t'ai quitté. J'avais sans doute de bonnes raisons mais je ne me souviens d'aucune. Les semaines précédant la rupture, je ne pouvais plus rentrer chez nous. Chaque soir, je restais immobile, bloquée devant la porte sans parvenir à l'ouvrir, comme si elle était scellée ou que j'en avais perdu la clé.

On s'est séparés un jeudi soir, le 1er octobre 2020. Je rentrais du travail, tu as croisé mon regard lourd, celui de la défaite, et tu as préparé ton sac. Tu n'en pouvais plus de ce sursis organisé, de ma fuite permanente. Tu m'as demandé pardon pour de vieux griefs qui n'avaient rien à voir puis, face à moi et droit dans les yeux, tu as murmuré : « Merci. Merci pour ces dix années, c'était grandiose. » Tu n'as rien ajouté et je ne t'ai pas retenu.

Ensuite, je me suis jetée dans une paire de bras pour t'empêcher de me reconquérir. Au bout d'un an de relation inutile, j'ai recouvré mes esprits. Hélas, il était trop tard pour effacer l'affront. Nous ne nous sommes plus jamais parlé et ta haine n'a cessé de grandir. Je m'y accroche en me persuadant que la souffrance nous lie encore.

Je te trouve plus beau et plus méchant qu'avant, ce qui n'arrange rien. J'avais décidé de ne plus t'aimer et, trois ans plus tard, je constate que le plan a échoué.

Première partie

La grande désillusion

15 août 2022

Le jour où Marie fut enlevée au ciel, je montai avec elle. Pour commencer, l'été n'avait pas voulu de moi. J'avais tout misé sur lui, je m'y étais préparée comme pour un mariage : j'avais bronzé et minci, ma garde-robe débordait. Mes attentes étaient colossales et la déception a été proportionnelle à l'investissement. Je n'ai pas ri, je n'ai pas dansé. Je n'ai pas discuté jusqu'à l'aube avec des inconnus. Je n'ai perdu ni le nord ni le sens des responsabilités, je n'ai pas emmagasiné l'énergie nécessaire pour aborder un nouvel hiver. Depuis mon téléphone, j'ai regardé le monde entier profiter avec insouciance des terrasses et des lèvres de jeunes hommes bruns.

En juillet, j'avais loué une belle maison pour que les enfants s'ennuient alors que je boirais du rosé seule. À peine arrivée, je me suis bloqué le cou. Iris m'a envoyé une ordonnance de Valium puis j'ai discuté sur Instagram avec Paul, quand sa femme était couchée. Je ne l'avais jamais rencontré, mais nous échangions tous les jours depuis quatre mois. Rarement avais-je autant été stimulée intellectuellement. Je le trouvais subtil et drôle, nous avions les mêmes centres d'intérêt et partagions une mélancolie rieuse. Nous nous envoyions « Bonne nuit » à minuit et deux heures plus tard nous nous écrivions encore. De surcroît, sur les photos qu'il m'adressait, Paul me plaisait beaucoup. Il était venu me parler le premier, il avait lu mon dernier livre et vécu la même histoire. Il me trouvait belle et talentueuse. Je m'étais laissé attendrir puis séduire. Qu'il soit marié ne me dérangeait pas, au contraire. Je n'étais pas prête à dormir avec quelqu'un, et aucune velléité de rencontre avec ses parents ne me taraudait. Paul me plaisait car j'aspirais uniquement à quelques moments volés. J'étais prête à me coudre une cape de super-maîtresse, celle d'une femme discrète, conciliante et audacieuse. Aussi ai-je espéré chaque jour qu'il me rejoigne pour boire du champagne, me faire l'amour et repartir aussitôt. Je nous imaginais dans l'eau, sous les lauriers-roses. Je le voyais à chaque café, à chaque renfoncement de parking. Je m'offrais à lui.

Paul n'est jamais venu, ma piscine est demeurée vide et je suis partie fin juillet, avant la fin du séjour pour abréger ma torture, soulagée de retrouver enfin ma maison dans laquelle j'étais sûre de ne plus rien espérer.

Je me suis juré de ne plus partir en été.

Nous étions le 15 août et j'attendais la rentrée avec impatience. Vite, que la routine me submerge, finis les imprévus qui n'arrivent qu'aux autres ! Finies, ces soirées onéreuses et décevantes !

À 8 heures du matin, il faisait déjà 29 °C. La chaleur était devenue obscène. Un grand besoin de douceur m'a poussée à contacter Paul ; je savais qu'il était en Italie en famille, je ne voulais pas le déranger, seulement soulager ma solitude. Il ne m'avait pas écrit depuis son départ, concomitant à mon retour. Seules quelques *stories* ambiguës me permettaient de rêver un peu. Rêver, son grand projet pour nous deux. Cependant, au bout de quatre mois de séduction épistolaire, le rêve commençait à me lasser.

J'ai envoyé un message simple : « Bonjour, comment se passent tes vacances ? »

Auquel il a aussitôt répondu : « Tout va bien, je profite à fond de cette *bulle de bonheur.* »

Sa bulle m'a fait sortir de la mienne. Je le savais bien pourtant, que les épouses servaient à cela, week-ends et vacances, mariages et enterrements. Je me suis sentie idiote, j'étais tombée dans le panneau alors que je connaissais la tendance – des amies en avaient fait les frais avant moi. Une vingtaine d'entre elles avaient attendu un homme virtuel, tombant amoureuses d'une idée. Voilà que cela m'arrivait, à moi qui leur avais conseillé d'abandonner ces chimères. Désormais, à l'époque du règne du numérique, les hommes choisissaient de rester chez eux. Ils bousillaient notre ego pour combler le leur. Une photo de temps en temps et quelques échanges tendancieux leur suffisaient, ils ne voulaient plus prendre de risque, être traités de mauvais coups. Ils cherchaient seulement à s'évader grâce à la magie des réseaux sociaux et à gaver leur rétine des photos que nous postions, la plupart du temps, à leur intention. Jamais une rencontre n'était envisagée mais, toujours, ils nous laissaient croire qu'un jour elle se produirait.

Ce jour-là, j'ai réalisé que Paul était une distraction parmi d'autres pour t'oublier, même cinq minutes par jour. Je ne voulais qu'une seule chose, te retrouver, te parler. Peut-être avais-tu passé un été aussi lamentable que le mien. Peut-être étais-tu prêt à échanger timidement quelques mots avec moi.

Tu devais me déposer les enfants à 18 heures. J'ai commencé à me préparer dès 14 heures : gommage, masque à l'huile de ricin, je me suis arraché le maillot à coups de cire, au cas où tu entreverrais ma vulve en me jetant les enfants sur le trottoir. J'ai également enfilé une robe neuve, de celles qui n'avaient pas servi pendant l'été. À 19 heures, aucune nouvelle de toi. Je t'ai écrit un message pour savoir où tu en étais. À 19 h 15, tu m'as répondu : « La », sans même prendre le temps de mettre l'accent grave sur le *a*. Comme si ce n'était pas grave.

J'ai ouvert la porte, les filles étaient devant le portail, seules. J'ai entendu ton moteur vrombir, je n'avais plus qu'à me démaquiller et enfiler mon pyjama. J'ai pris les filles par la main et je leur ai posé cette même dangereuse question :

— Comment se sont passées vos vacances ?

— C'était génial ! Et la copine de Papa, Lola, elle est trop cool. Elle a un cheval marron et un peu blanc, il est très gentil, elle nous a même dit que s'il faisait beau le week-end prochain…

Et mes oreilles se sont mises à bourdonner, mes enfants parlaient mais je n'entendais plus rien, je percevais seulement mon cœur qui semblait descendre dans mes talons. Mes mains ont fait des tas de choses par réflexe – nourrir, laver, border – avant d'enfin chercher Lola sur les réseaux dans les amis de tes amis. La femme jalouse en moi l'a trouvée en quatre secondes. J'ai effectué une capture d'écran de son profil privé pour pouvoir ensuite agrandir sa photo et lire l'avenir dans les lignes des pixels déformés.

J'en ai tiré quelques constatations : Lola était jeune et avait de plus gros seins que moi. Ses attaches étaient épaisses et elle arborait le regard passif agressif de ton ex. Cependant, elle avait un peu mon profil, mon menton, ainsi que mon signe astrologique et elle était née dans la même ville que moi. Voilà, Lola était la jeune femme que j'étais il y a dix ans, avec un périnée plus ferme – surtout que le cheval, ça le muscle beaucoup paraît-il –, en plus elle ne semblait pas avoir d'enfant, un périnée de compétition, c'était certain. Il fallait absolument que je retrouve ma petite machine de rééducation pour muscler le mien si jamais on recouchait ensemble, pour que tu ne sentes pas trop la différence. Je suis restée bloquée une heure devant la photo. Lola voulait des enfants et changer de nom de famille, rien que sur ce cliché miniature ça se sentait à dix mille. Elle était peut-être déjà enceinte. Elle attendait un garçon. Enverrais-je un cadeau à la naissance de votre petit ? Comment s'arrangerait-on pour Noël ?

J'ai observé quelques instants l'album photos de mon téléphone, rempli de clichés d'un homme marié que je n'avais jamais rencontré et d'une jeune femme de profil sur un cheval. La honte m'a filé une nausée intense, j'ai rampé jusqu'à la table basse et j'ai supprimé tous mes réseaux sociaux sans réfléchir ; tant pis pour ma communauté à laquelle je tenais tant, je ne voulais plus jamais rien voir ni chercher, ne plus avoir aucun contact avec un homme virtuel. Je voulais disparaître. Adieu. Clic.

Ensuite, j'ai hésité entre un Valium et un verre d'alcool, dans la détresse je ne parvenais pas à déterminer quelle molécule serait la plus efficace pour me soustraire à ma douleur ne serait-ce que quelques minutes. J'ai déploré qu'on ne puisse pas associer les deux, que le seul choix cornélien qu'il nous restait dans la vie d'adulte c'était ça, médoc ou alcool. Et, tandis que je réfléchissais, je sentais mon cœur battre de plus en plus fort dans mes pieds, je baissai les yeux et je les trouvai là, gisants, tremblants, grattant le sol et voulant s'y dérober : c'était donc ça toucher le fond ? Mes pieds s'enfonçaient dans la fange et j'entendais tous les quittés du monde crier : « Bien fait ! Bien fait ! Bien fait ! »

Bam ! Bam ! Bam !

Bien fait ! Bien fait ! Bien fait !

Bam ! Bam ! Bam !

Quelqu'un cogne à la porte et les cris disparaissent.

Bam ! Bam ! Bam !

Je m'approche doucement de l'entrée. J'observe la poignée qui s'abaisse plusieurs fois de suite. Ma fille aînée, alertée par le bruit, me rejoint.

— Tu vois, Rose, je murmure, c'est pour cela qu'il faut toujours bien fermer la porte à clé, c'est important.

On observe ensemble la poignée qui s'agite toute seule. Les clés dans la serrure tintent en se balançant.

— Anne ! Ouvre-moi bordel ! Ouvre cette porte ! crie l'homme derrière.

Je le connais cet homme, c'est celui pour qui j'ai vendu ton amour et mon bonheur.

— S'il te plaît, ouvre-moi, se radoucit-il, que l'on discute cinq minutes.

— Ne bouge pas, ne dis rien, j'ordonne à ma fille. Ne t'inquiète pas, on va bientôt déménager.

Et la poignée n'en finit pas de descendre et de remonter, la porte tremble sous les coups de poing de l'homme, à nouveau énervé. Ma fille, hypnotisée, regarde la porte.

— Retourne dans ta chambre, va faire tes devoirs, il finira bien par partir, je chuchote.

— Je sais que tu es là, Anne. J'ai vu ta voiture en bas ! Je vais crever tes pneus si tu ne m'ouvres pas tout de suite !

— C'est pas bientôt fini ? Tu n'as pas compris qu'elle ne voulait plus de toi ? hurle le voisin qui a entendu le raffut.

Suivent des bruits de porte et des mots interdits qui font rougir ma fille. Un début de bagarre. Des pas dans l'escalier. Un bruit de moteur. J'attends, immobile, incapable de faire le moindre geste.

On toque à la porte.

— Anne ? C'est Vincent, ouvre-moi.

Je sors de ma léthargie et j'entrouvre la porte à mon voisin.

— Merci, Vincent.

— Je t'en prie. Je comprends que tu ne veuilles plus le voir. Je ne l'ai jamais vraiment senti, ce type. Si tu as besoin d'en parler, je suis là, tu sais. N'hésite pas. Tu ne veux pas venir boire un verre chez moi ?

« Tous les mêmes », dirait ma grand-mère.

Je décline poliment et je referme à double tour.

Je regarde par la fenêtre, l'homme est parti. J'allume une enceinte et lance de la musique pour étouffer le silence. Assise sur son lit, ma fille customise ses Converse. Elle ne sait pas si elle doit broder des nuages ou des noms de rockeurs décédés, il n'y a rien de plus difficile que d'avoir 14 ans. On pourrait mieux s'entendre, se soutenir dans nos crises existentielles respectives, mais il n'en est rien. Nos solitudes renforcent nos crises, on fait semblant de se comprendre et on ne parvient plus à s'aimer. Plus tard, elle soupire devant le miroir de la salle de bains parce que je prends trop de place. Elle essaie de percer ses boutons quand je m'acharne à épiler mes nouveaux cheveux blancs.

— Plus tu touches, plus tu en auras, je lui rabâche.

— Pareil pour toi, elle rétorque.

Mon bras effleure le sien et elle recule, dégoûtée par mon contact. Et dire qu'elle est passée au travers de mes cuisses et de mes fluides, qu'elle a tété mes seins.

L'intérieur de tes cuisses était glabre et moelleux, d'une douceur de nouveau-né. J'y passais toujours la paume de mes mains avant l'amour, sur tes aisselles aussi, je ne pouvais pas m'en empêcher. Ça te gênait, tu ne comprenais pas l'attrait inconscient de mes mains vers ces parties de ton corps et je ne pouvais te l'expliquer.

Quand j'aperçois des morceaux de bras, de jambe ou de torse d'autres hommes, j'éprouve généralement un sentiment de dégoût. Vendredi soir, un type gringalet et sûr de lui m'a abordée. Malgré un regard noisette intéressant, il portait une chemise verte en velours d'où trois poils fourchus dépassaient. Je le laissai pérorer sans oser lui dire : « Tu n'imagines pas Jean-Frédéric, comme tes doigts, ton allure, l'implantation de tes cheveux n'ont rien à voir avec ceux de Joachim. Si tu avais touché l'intérieur de ses cuisses, Jean-Frédéric, tu n'oserais même pas m'aborder dans ce bar. »

Je me persuade d'être la seule à avoir autant apprécié cette partie de ton corps et ce privilège calme le manque en moi. Ta nouvelle copine n'a pas dû faire attention à cette douceur impérissable, elle n'a sans doute pas remarqué non plus le grain de beauté en forme de cœur sur ton épaule droite. Elle est en train de vérifier que tu coches les bonnes cases : sourire charmant, situation sociale convenable, intelligence, humour et érection infaillible. Elle coche. Elle n'en finit plus de cocher et ses copines avec elle. Elle n'a pas dépassé les critères obligatoires, elle ne sait pas encore que tout ça on s'en fout, seules comptent tes perfections inutiles.

Moi, ce que je préférais, c'était lorsque tu me massais les fesses. Je m'allongeais sur le ventre, tu t'asseyais à califourchon sur mes cuisses et tu y mettais tout ton cœur de pizzaïolo déchu – le métier que tu rêvais d'exercer enfant. Tu pétrissais mon postérieur avec vigueur, je sentais toute ma cellulite fondre sous la pression de tes paumes et je te suppliais de continuer. Cela finissait souvent par une pénétration fortuite et nous nous endormions épuisés par le travail bien fait.

Mes cuisses aujourd'hui demeurent closes.

J'ai consulté un ostéopathe ce matin.

— Bonjour, monsieur. L'autre jour à la piscine, je nageais la brasse et j'ai remarqué que je ne parvenais plus à effectuer une rotation externe de la cuisse droite.

— Ah ? Voyons cela, déshabillez-vous.

« Même l'ostéo », dirait ma grand-mère qui n'a jamais connu d'ostéo.

— Je ne comprends pas, ce n'est ni articulaire ni tissulaire. On dirait plutôt une sorte de blocage. Qu'est-ce qu'il se passe chez vous, les femmes, à partir de 35 ans ?

Penché sur moi, l'ostéo me fixe, enfonçant ses pupilles au fond des miennes. Il force sur ma cuisse comme un pauvre diable et n'en finit plus de s'étonner :

— Sérieusement ? Même mes petites mamies sont plus laxes que vous.

« Qu'est-ce que je disais ? » jubilerait ma grand-mère.

— Comment puis-je faire pour améliorer cela ?

L'ostéo se gratte le masque.

— Je ne sais pas. Je vous propose de revenir dans un mois.

Le soir même, je rêve que l'ostéopathe me prend sur sa table de massage. Cela fait deux ans que je n'ai pas fait l'amour avec un homme.

— Deux ans ! s'exclame ma mère au téléphone. Ça ne m'est jamais arrivé !

Pendant vingt ans, des hommes sont entrés dans mon corps et des enfants, vivants ou morts, en sont sortis. Aujourd'hui, je suis en jachère.

Qu'est-ce qu'il se passe chez vous, les femmes, à partir de 35 ans ?

Je m'appelle Anne. Petite, mon père répétait que j'étais exceptionnelle et les passants m'arrêtaient dans la rue pour admirer mes yeux ; depuis je m'invente un destin. Adolescente, j'étais première de la classe et je m'habillais en punk. C'était une carapace, je n'ai jamais voulu avoir l'air de qui je suis. Je n'aime pas le gris et je confonds le bonheur avec l'intensité. Plus qu'une obsessionnelle, je suis accro à l'obsession. Les gens qui me haïssent vomissent mon inconstance et ceux qui me respectent excusent l'artiste. J'agis avant de réfléchir. J'obéis à mon instinct sans penser aux conséquences. Je me crois irremplaçable. J'argue que le bonheur de mes proches dépend du mien et je fais passer mes envies avant les leurs. Longtemps, j'ai cherché la paix dans l'amour et dans les livres et je ne l'ai pas trouvée. Je suis sur terre pour expérimenter, retranscrire et souffrir, je ne résous rien. J'ai côtoyé des gens érudits et bu des millésimes dans des endroits prisés mais mes plus beaux souvenirs sont simples : Joachim me regardant danser, mes filles déposées sur mon sein gauche par les sages-femmes.

— Je ne te trouve plus sur les réseaux ! lance Chloé au téléphone en guise de bonjour. J'ai cru que tu m'avais bloquée mais j'ai vérifié depuis mon compte secret, je ne te trouve pas non plus.

— Oui, j'en avais fait le tour. Et puis, je ne lis plus.

Chloé marque une pause, je l'entends parler à son fils.

— Anne, recommander des livres était le centre de ton existence. Tu te rends compte de tout ce que tu avais construit, de tout ce travail que tu jettes à la poubelle ? Que s'est-il passé ?

— Joachim a une meuf. Une meuf qui fait du cheval.

— Je vois, répond Chloé d'une voix grave. Mais tu ne vas quand même pas arrêter de vivre !

— Si, justement, c'était l'idée.

Chloé soupire.

— Et l'homme marié, Paul ? Tu lui as laissé ton numéro avant de désactiver ton compte ?

— Non. Et il ne cherchera pas à me contacter. C'est un pleutre.

— C'est dommage, vous vous entendiez bien, ça aurait pu aboutir à…

— Non. Ça n'aboutira à rien. Je l'ai déjà oublié. Et toi ?

Chloé se met à chuchoter et avant même qu'elle commence son récit je devine qu'il s'appelle Thibaut ; elle l'a rencontré à l'école de son fils, il a des mains *comme ça*, elle n'a jamais vécu cette extase-là. Guillaume, Antoine et Hugo ce n'était rien comparé à Thibaut. Elle a un mal fou à faire comme si de rien n'était à la maison, surtout qu'avec Adrien tout va bien, vraiment, ils ont plein de projets de couple. Qu'est-ce que j'en pense ? Doit-elle lui écrire tout de suite et proposer une entrevue ? Faire l'amour avec lui cet après-midi ?

Chloé n'est pas la seule. La plupart de mes amies tiennent debout grâce au simple regard d'un collègue.

Comme je ne veux pas qu'elle gâche tout, je simule un appel urgent, raccroche poliment et envoie un message à son mari. Je lui écris la même chose que d'habitude. La situation est critique, il faut qu'il annule son après-midi, qu'il sorte avec sa femme, qu'il lui fasse l'amour ou bien très peur : il faut agir. Il me remercie et je me sens mieux, je voudrais qu'ils vieillissent ensemble.

10 octobre 2020

Nous venions de nous séparer. Seule dans notre maison vide, je préparais le déménagement. Je partageais les meubles en leur apposant des Post-it de deux couleurs différentes, orange pour moi, violet pour toi. Au bout d'un moment, lasse, je me suis allongée sur notre lit.

Tu es entré dans la maison, sans savoir que j'étais dans la chambre. En m'apercevant, je t'ai vu hésiter, un pied chancelant dans la pièce, un autre dans le couloir. « Ah tu es là », as-tu bredouillé avant de partir vers le dressing. Je me suis levée, on a discuté – mal à l'aise tous les deux – des points logistiques de la vente de la maison. Tu t'es enquis de la signification des Post-it collés sur les objets, alors je t'ai proposé quelques changements : que voulais-tu emporter ? Tu as marqué un temps d'arrêt et, les yeux fiévreux, tu as décollé le Post-it violet d'un tableau qui t'appartenait puis tu m'as plaquée contre la porte du dressing en me le collant sur le front. C'était notre dernier baiser, aussi intense et tremblant que le premier, douze ans plus tôt, dans le grenier de ton ex.

La semaine suivante, lorsque tu es passé récupérer d'autres affaires, tu as fouillé les poches de mon manteau en entrant. Tu es tombé sur une culotte en dentelle, sophistiquée et onéreuse, que tu n'avais jamais vue. Tu as gardé la culotte dans ta main pendant quelques secondes, jusqu'à ce que la réalité te foudroie. Fou de rage et de désespoir, tu m'as étranglée sur le parking. Les enfants t'ont interrompu et j'ai rejoint l'autre homme.

J'ai emménagé dans un appartement ancien et assez spacieux pour accueillir mes trois enfants : ma fille aînée de mon premier mariage, les deux derniers de toi.

Le soir même, Trévor, l'autre homme, a téléphoné, il voulait dîner avec nous. Ce n'était pas le moment, je me perdais dans les cartons, j'étais épuisée et je travaillais le lendemain. De plus, c'était trop tôt pour rencontrer les enfants et l'appartement était un capharnaüm. Il a balayé mes arguments avec les siens : « Je les rencontrerai bien un jour, et le reste on s'en fout, on a toute la vie pour ranger et dormir. Ce n'est pas ce que tu voulais ? » Si, si, bien sûr, j'en avais tant rêvé quand j'étais lasse de ma vie de femme au foyer confinée.

Débordée, j'ai prié Rose de donner le bain aux deux autres, j'avais soudain décidé de préparer des lasagnes à 18 heures. Elle est restée là quelques instants, effarée, à me regarder doser le lait pour la béchamel, ouvrir tous les cartons pour trouver une cuillère en bois, faire mijoter la viande, jusqu'à ce que Trévor débarque une heure plus tard, une bouteille de vin rouge à la main, et que je l'accueille d'un sourire déjà éteint, comme si je t'avais quitté pour revivre ça.

Trévor a pris toute la place. C'est Rose qui m'a dit ça quelques semaines plus tard. « Maman, il prend toute la place. » C'était vrai. Pour la première fois de ma vie, j'avais rencontré quelqu'un qui prenait plus de place que moi. Il parlait et riait fort, il imposait ses principes, ses caprices et ses musiques. On ne voyait que lui dans la rue. Il prenait mon sommeil, mon corps et mon temps libre. Il emplissait chaque recoin de l'appartement, il vidait le frigo et le cumulus, il chantait avant le repas, parlait pendant, râlait après. Je tombais du lit où il dormait en étoile. La panière débordait de son linge. Il m'emmenait au travail, m'y rejoignait pour déjeuner, téléphonait à toutes mes pauses. Je ne prenais plus une douche seule et il ouvrait la porte des W-C quand j'y étais. Il conduisait ma voiture. Il piquait mes livres et mon ordinateur. Il allumait ma télévision, choisissait son programme. Je n'avais plus un moment de silence. Même la nuit était sonore : il parlait, ronflait, regardait des vidéos sur son téléphone. Il me faisait l'amour trois fois trois minutes par jour, règles et mycose comprises. Je n'ai jamais pris de plaisir avec lui. J'ai développé une salpingite que je n'ai pas soignée, je travaillais malgré la fièvre et les malaises. Il monopolisait mon existence et bousillait le peu d'énergie qu'il me restait.

Je le laissais opérer avec soin.

On peut continuer des années à poursuivre dans la mauvaise direction. Est-ce l'orgueil qui nous place des œillères immenses, pour atténuer le choc de la mauvaise décision ?

Car cet homme, je l'avais désiré ardemment. Je l'avais attendu un an. J'avais collectionné ses sourires et pardonné ses errances. J'avais même écrit un livre. Mais, à partir du moment où il est entré dans mon appartement, je n'en ai plus voulu. Je pensais en être amoureuse alors que je n'étais obsédée que par la fuite. Trévor était un personnage de roman, un théâtre ambulant. Il s'aspergeait du même parfum que mon père et représentait mon enfance. Seules m'intéressaient la fiction et la psychanalyse qu'il me livrait sur un plateau.

La première semaine, il a apporté du caviar et ajouté son nom sur ma boîte aux lettres. Le premier week-end, il m'a présentée à ses parents. Le premier Noël, il m'a emmenée à la neige. Six mois plus tard, j'étais sa fiancée.

Je croulais sous les cadeaux, les invitations et les mots d'amour, mais aussi sous les crises, les coups d'éclat, les disparitions et les accès de colère. Tout glissait. J'ai dit oui à tout. En restant avec lui, j'obtenais un sursis de vieillesse et de responsabilités. Il était plus jeune que moi et mon existence de mère avait une dette avec l'insouciance. Lui voulait « faire sa vie », il en avait assez des minettes qui ne pensaient qu'à sortir. Il a espéré qu'avec moi, il deviendrait un adulte stable, reconnu. Il comptait sur moi pour le sauver et moi pour me perdre.

Pendant ce temps-là, tu souffrais. Je t'apercevais en ville marcher la tête baissée. Tu étais maigre et transparent. Tu errais sur les quais, sur tous les trottoirs, nous te croisions en permanence. Pourtant, tu n'as jamais sonné chez moi, tu ne m'as jamais écrit tard le soir. On me rapportait ta dépression, tu te confiais à tout le monde. Tu appelais mes parents et mes potes. Tu as passé le permis moto. J'ai toujours pensé que l'on s'achetait une moto quand on voulait mourir.

Les amis communs diront que c'était pour un homme. De la même façon que je ne me suis pas battue pour les garder, je ne me battrai pas pour rétablir la vérité. Ça ne changera rien. Je t'ai laissé les potes, comme je t'ai laissé la télévision et la machine à café, parce qu'ils n'étaient plus ma priorité, parce que l'overdose était aussi liée aux dîners de couples.

— Anne, ne reste pas toute seule ce soir ! On donne un dîner à 20 heures, les Boudry et les Durand sont conviés. Viens, ça te fera du bien !

Parfois, les amis essaient de m'inviter mais j'annule au dernier moment. Je les ai déjà eues mille fois, ces conversations éculées. Ils ouvrent la bouche et je sais déjà ce qu'ils vont dire : investissements locatifs, activités et prouesses des enfants... Je m'emmerde. Jusqu'à quand la pompe à chaleur, le compost, la cigarette électronique ? Le stérilet au cuivre ou aux hormones ? Jusqu'à quand le Sud ou la Bretagne, – sinon y a la montagne ou l'Atlantique –, nous on part hors saison.

Jamais la vacuité de l'existence ne m'a paru aussi criante. Je vomis ma lucidité et regrette ce temps béni où je m'émerveillais d'un rien, lorsque la perspective de montrer ma nouvelle robe suffisait à exciter mes soirées. J'en ai fini de jouer au papa et à la maman : maison, dînette et frottement des sexes. On grandit et on devient des Barbie discount aux membres désarticulés et recollés, au sourire contrit. Les illusions des amours fous sont finies depuis longtemps mais on s'y accroche encore, au cas où. J'ai 37 ans mais je pourrais inverser les chiffres. J'ai réalisé tous mes rêves, j'ai le cœur d'une femme préhistorique. La médecine a allongé l'espérance de vie pour ceux qui prennent leur temps mais moi je suis pressée, enragée : mère à 20 ans, divorcée à 24, disparue des réseaux sociaux à 36. J'ai déjà eu mille vies et je regarde défiler le film de la vôtre qui est le même que celui des autres. Je bâille et soupire devant vos passions éphémères, vos lectures, vos découvertes, je souris poliment à vos nouveau-nés. Mon cynisme n'a d'égal que mon désespoir, je vis désormais pour travailler, je travaille pour que mes enfants connaissent les mêmes joies et les mêmes peines, mes conseils et mes avertissements ne leur seront d'aucun secours, ils feront les mêmes erreurs et leurs enfants après eux.

En me couchant seule, je repense à cette époque bénie où l'on comptait jusqu'à trois avant d'éteindre la lumière en se regardant, le sourire fatigué.

Ma meilleure cigarette de la semaine, c'est celle que je fume à 14 heures le mercredi dans ma voiture, après t'avoir déposé les enfants. Encore pleine de toute l'excitation que j'ai de t'avoir aperçu cinq secondes, je l'allume en tremblant et tire dessus à toute vitesse.

Tous les mercredis, j'ai un rendez-vous galant et c'est avec toi. Petit à petit, ce rendez-vous est devenu le seul moment de la semaine où je ne me sens pas tout à fait morte. Je m'y prépare comme si j'allais à la cérémonie des Césars, je ne porte jamais deux fois la même tenue. J'ai les mains moites et le cœur battant. Derrière, les enfants parlent toujours trop fort et je leur ordonne de se taire. Je dois me concentrer, je vais entrer sur scène et il me faut du calme. Je me gare sur le trottoir devant ta maison et j'écris : « Nous sommes là. » Le script est bien ficelé, ton portail clignote et tu apparais, bronzé, bien habillé. Tu habites désormais dans une maison avec piscine, dans les hauteurs de la ville, tu as plein d'amis – les miens – et Lola te rejoint pour le week-end. Vous faites du sport ensemble, vous partez en voyage. Il est loin, le malheureux Joachim quitté par l'ignoble Anne.

On échange alors un regard quand je te tends les sacs d'école. Souvent, je l'interprète à ma manière. Parfois, je bredouille : « Salut. » Toujours, je repars chancelante, je trébuche dans ta poubelle et j'attends d'être assise dans ma voiture pour pleurer. Fumer et pleurer en même temps. Cet échange était incomplet et intense, je ne sais pas quoi en faire. Chaque mercredi à 14 heures, l'ensemble de nos souvenirs remonte, notre jeunesse étudiante, nos voyages en Italie, la naissance de nos enfants. Quand j'arrive au travail, je suis encore imprégnée de ce passé douloureux et réconfortant, les collègues me complimentent :

— Tu es magnifique Anne aujourd'hui, tu as un petit crush en ce moment ?

Je leur offre un sourire à l'envers. Personne ne sait que je me noie dans le passé, personne ne connaît mon secret, celui d'être tombée amoureuse de l'homme que j'ai quitté.

En rentrant le soir, je bois du vin pour naviguer dans le fleuve de nos souvenirs puis, enfin ivre, je t'écris des mails de regrets et de pardons. Tu ne réponds pas et les mercredis suivants on fait comme si de rien n'était. Ce n'est pas difficile, nous ne parlons jamais, nous n'avons pas eu une seule discussion depuis trois ans, depuis ce jour où tu as trouvé la culotte dans ma poche. Il est probable que mes regrets te fassent plaisir, tu jouis de ta vengeance et de ma peine, tu n'as jamais eu d'empathie et je n'en attends pas.

Après le mail et l'euphorie, affalée devant des séries addictives, je dégrise en suçotant les serviettes de bain chaudes sortant du sèche-linge que je trempe dans l'eau fraîche d'une carafe. J'en fais le tour comme une enfant, je trempe, je mords, j'aspire puis avale toute cette eau qui sent bon la lessive et l'assouplissant. Je m'octroie trois carafes par soir : je suçote sans relâche et je pisse toute la nuit, je fume et je vapote en même temps, j'avale aussi des gélules, de la mélatonine, de la rhodiole, du millepertuis et de la valériane par paquets, je suis devenue naturopathe. Le lendemain tout recommence, c'est-à-dire rien.

On me demande ce que je fais de tout ce temps libre, puisque j'ai quitté les réseaux sociaux, puisque j'ai démissionné de mon poste à la politique locale, puisque je garde mes enfants en alternance, puisque je suis célibataire, puisque j'ai perdu la moitié de mes amis. Je bois de la lessive, je réponds. Le grand nettoyage.

Décembre 2020

— Chérie, c'est toi ? Mais qu'est-ce que c'est que cette tête d'enterrement ? Fatiguée, mais fatiguée de quoi ? Tout le monde travaille, qu'est-ce que tu crois ? Viens dans la cuisine, j'ai plein de surprises ! Regarde cette délicieuse petite sauce qui mijote, goûte ce Dom Pérignon, tu n'as jamais rien bu d'aussi bon ! Chérie, s'il te plaît, peux-tu augmenter le volume ? j'adore cette chanson.

— Maman, Maman, regarde ce que Trévor nous a acheté ! Un circuit géant, une licorne plus grande que moi !

— Madame Lacour, je n'ai pas pu finir le ménage, M. Trévor m'a ordonné de prendre un petit apéritif. Il avait déjà commencé, si je puis me permettre. Les enfants sont lavés mais les devoirs ne sont pas finis. Bonne soirée, profitez bien !

— Chérie, où es-tu ? Comment ça tu vas sous la douche sans me prévenir ? Savonne-moi, démêle mes cheveux ! Ah ben bravo, t'es sur ton livre, je suis sur mon téléphone, à demain hein ! On a 60 ans. Va te coucher, tu n'attends que ça. Chérie, tu dors ? Tu n'as pas vu mon chargeur ? Mais tu es complètement éteinte ! Dis-moi, elle est où Anne Lacour ? La grande Anne qu'on m'avait vendue ? Dis-le-moi franchement, si tu n'as plus la patience de t'occuper d'un homme !

D'un homme oui, d'un quatrième enfant, non.

Juste avant de te quitter, j'ai voulu tuer le chat. Je me demande souvent à quel moment j'ai vraiment déraillé, quels étaient les signes précurseurs de la rupture. Le chat est l'unique témoin, je ne pouvais plus le supporter. Quelques mois avant notre séparation, lorsqu'il rôdait près de moi, ronronnant, me collant, me montrant son anus, j'avais envie de shooter dedans.

Mon dernier bébé avait deux mois. Quand j'avais fini de m'en occuper et de nourrir les autres, de ranger et me soumettre indéfiniment à la torture domestique, je m'asseyais enfin devant un livre. À cet instant, le chat détectait le bruit des pages, ce son qui autrefois avait signifié câlin de longue durée, alors il me sautait dessus, réclamait ma main, comme si on ne m'avait pas assez sollicitée toute la journée. Est-ce que j'en avais vraiment envie, après avoir lavé, repassé, ramassé, m'être courbée en dix, de caresser quelqu'un d'autre pendant dix minutes, de subir ses griffes malaxant mon gilet tout neuf, ne pouvait-on pas me laisser tranquille, par pitié ? Un soir, à bout de forces, seule dans le salon, je l'ai attrapé par la nuque comme un lapin de deux semaines et je l'ai jeté à l'autre bout de la pièce. Il a couiné, puis il est revenu.

Comment un être pouvait-il être à ce point si peu rancunier ou orgueilleux, combien de fois fallait-il que je le repousse pour qu'il se résigne enfin ?

Le chat a compris que j'étais murée dans ma colère, victime d'une immense fatigue. Le chat ne m'en voulait pas, sans pour autant se remettre en question puisqu'il n'était pas fautif. Il savait que je l'avais aimé au premier regard, dans sa petite cage. Je m'en étais occupée pendant dix ans et il attendait que mon amour revienne. J'étais une femelle dans sa mauvaise période, période qui commençait à durer, malgré le printemps, malgré le rosé, malgré la réussite professionnelle. Non, je ne voulais plus qu'on m'approche et dans son instinct d'animal il respectait cela.

La maternité était devenue trop difficile pour moi et je ne parvenais pas à l'admettre. Nous avions eu un troisième enfant, malgré l'avertissement de ma grand-mère remplaçant les félicitations d'usage : « Tu vas avoir du mal. »

Jusqu'alors, j'avais réussi à tout concilier, je n'avais jamais manqué de temps pour moi, mais quand le sentiment d'envahissement est apparu, il n'est plus jamais reparti. Ma dette envers le sommeil et le calme ne semblait jamais se solder. L'angoisse des week-ends et des jours fériés a débarqué un jour sans donner sa date de démission. Plus que tout, je me sentais empêchée. Je ne parvenais plus à finir une tâche, écrire une ligne, il fallait sans cesse que je ruse, que je prétexte une maladie, une urgence, afin d'obtenir une heure seule. Tu n'en avais pas davantage, au contraire, mais cela ne semblait pas t'anéantir. Tu ne m'as jamais paru débordé. Si je n'avais été que maman, si j'avais accepté ce rôle à temps plein, mère de trois enfants avec un métier alimentaire, point barre, l'affaire aurait été réglée, je me serais réjouie de passer un dimanche tous les cinq autour d'un poulet fermier et d'une sortie à vélo. Or, quand j'étais en famille, je ne pensais qu'aux livres que je ne pouvais pas écrire. Un sentiment d'impuissance se mêlait à celui de l'imposture, je n'étais bien nulle part. Puis tu m'as menacée de me quitter si je publiais mon premier roman. L'écriture est l'ennemi des familles. Le jour de la sortie, tu ne m'as pas adressé la parole. Je l'ai fêtée dans les toilettes, en cachette, en remerciant mes abonnés pour leurs chroniques magnifiques. Peu à peu, tu es devenu le frein principal de mes ambitions et l'éteignoir de ma joie. Alors j'ai écouté Virginia Woolf et j'ai tué l'ange du foyer. Je t'ai quitté pour écrire le deuxième livre. J'ai fait ce choix, celui de renoncer à notre famille. Pardon Virginia, mais rien ni personne ne m'a prouvé jusqu'ici que c'était le bon.

Aujourd'hui, trois ans après mon délit, le chat est toujours là. Chaque soir, il tente sa chance et s'avance vers moi. À la façon dont je le regarde, il devine si oui ou non il peut sauter sur le canapé. Je ne suis pas encore complètement guérie, parfois je le foudroie du regard et il part s'installer sur un fauteuil, les yeux en fente.

Le chat n'a jamais contre-attaqué, il n'a jamais mordu ni griffé personne, à part toi. Le chat ne t'aimait pas. Quand nous habitions ensemble, le chat te mordait les mollets quand tu passais près de lui. Il n'avait peut-être jamais digéré la première chose que tu as dite de lui quand je l'ai adopté, adorable thaï aux yeux bleus et à la robe *colourpoint* : « Pourquoi as-tu pris celui-ci ? Il n'y avait pas de chaton d'une autre couleur ? » Alors que c'était là que se trouvaient toute sa splendeur et sa spécificité.

Quand Trévor a débarqué un jour et a aperçu le chat, il n'a eu de cesse de s'en occuper et de passer toutes ses siestes avec lui. Il l'appelait « Mon amour, ma beauté », le cajolait, le réparait de toutes les méchancetés qu'on lui avait infligées. Je cherchais quelqu'un qui m'aide à aimer mes enfants, mon chat, toi.

Janvier 2021

Nous étions séparés depuis trois mois et tu continuais à errer, le jour comme la nuit. Tu n'en finissais pas de marcher et de me croiser sans me lancer un regard, à croire que cela te suffisait. Nous communiquions uniquement par SMS et par mail. Je n'entendais plus le son de ta voix.

Un jeudi après-midi, je suis allée en ville avec les enfants, sans chaperon. Une fois n'était pas coutume, j'avais laissé Trévor dans l'appartement, en lui promettant des instantanés toutes les dix minutes pour le rassurer. Après quelques emplettes, j'ai décidé de faire un détour par Monoprix. Il paraît que tu y es entré juste après moi, c'est Trévor qui me l'a dit – il m'avait suivie.

Vous étiez deux à me suivre et vous vous êtes croisés.

Après, tout est allé très vite ; lorsque j'ai reconnu la voix de Trévor, je suis sortie du magasin, alors je t'ai vu lui faire un doigt d'honneur – de loin ton truc préféré, un réflexe archaïque de ta colonne. Trévor n'a pas supporté, il t'a emboîté le pas. Ma responsabilité de mère l'a emporté sur la curiosité, j'ai ordonné aux enfants de monter dans la voiture et j'ai démarré en trombe en direction de l'appartement. Mon portable s'est soudain mis à vibrer, c'était la nounou.

— Madame Lacour, pardon de vous déranger, je ne sais pas si vous êtes au courant, y a M. Lacour et M. Trévor qui sont en train de crier très fort sur le trottoir devant le Monoprix. Voilà c'était juste pour vous prévenir, ça chauffe un peu, je suis inquiète.

J'ai remercié la nounou et j'ai fait demi-tour pour récupérer Trévor devant la boulangerie : la boulangère m'avait contactée sur Instagram – bonheur des petites villes où le monde est un théâtre.

— Qui est Kévin ? a hurlé Trévor en entrant dans la voiture.

J'ai écarquillé les yeux, bonne question en effet, qui était Kévin ?

— Joue pas au con avec moi, je ne suis pas Joachim ! C'est qui cet enfoiré de Kévin ?

J'avais une envie irrépressible de rire.

— Mais enfin, chéri, je ne connais pas de Kévin.

— Tu connais bien un Trévor !

— Ça se tient oui, mais désolée je ne vois pas. Qu'est-ce que vous vous êtes dit avec Joachim ?

— Ah, ça t'intéresse finalement, tu te barres mais tu veux quand même savoir ce que ton petit mari m'a dit ! Je vais finir par le défoncer, je te le promets !

Il m'a livré un récit que j'ai recoupé avec celui de la nounou puis celui de la boulangère, et j'ai obtenu cela :

Trévor : « Tu viens de me faire un doigt d'honneur ? Je ne t'ai jamais manqué de respect, moi ! T'as rien à me dire ? Pourquoi t'es entré au Monop ? T'étais en train de suivre Anne, c'est ça ? Arrête de marcher quand je te parle ! »

Joachim monte dans sa voiture et verrouille les portes. Trévor tambourine à la vitre.

— Ouvre cette bagnole, bordel, sinon je la défonce ! Qu'est-ce que tu lui veux, pourquoi tu la suis ? Réponds !

Joachim entrouvre légèrement la vitre.

— Mets un masque, s'il te plaît. Tu postillonnes.

— Tu te fous de ma gueule ? Je vais m'énerver !

— Arrête de faire les gros bras. Tu verras, elle partira avec Kévin.

Je n'étais pas davantage avancée. « Qui était Kévin ? Où était Kévin ? On n'attend pas Kévin ? » Ainsi tu croyais que j'avais un autre amant, mais je ne voyais pas du tout à qui tu faisais référence. J'ai profité de la sieste de Trévor pour chercher tous les Kévin potentiels dans la liste de mes followers. Bingo ! J'ai trouvé Kévin D., un peu fan, qui m'écrivait

tous les jours sur Instagram et commentait toutes mes stories. Je répondais poliment une fois sur deux pour le contenter, sans trop m'investir, pour qu'il finisse par se lasser. Il ne semblait pas comprendre que discuter avec lui ne m'intéressait pas, il était lourd et arborait un regard translucide de psychopathe dans une tête en forme de poire. Cependant, j'avais à cœur de ne pas passer pour une snob, et puis il habitait la même ville que moi et je l'avais croisé de loin à plusieurs reprises sans le reconnaître. Notre dernier échange était plutôt ambigu si on ne connaissait pas la nature de notre relation épistolaire : « Heureux de vous avoir vue à Carrefour, la prochaine fois, allons discuter autour d'un café.
— Oui, pourquoi pas ! Bonne journée ! »

J'ai alors eu une révélation : tu avais accès à ma messagerie. Évidemment, tu connaissais tous mes mots de passe ! Tu lisais donc toutes mes conversations ! J'ai relu avec attention les autres, plus récentes, dont celle avec mon amie Chloé. Je lui parlais de Kévin sans explication annexe : « Kévin m'a encore écrit. » J'ai ressenti un immense soulagement, comme si j'étais soudain enveloppée d'une cape de protection invisible. Tu n'étais pas loin, tu me surveillais. Il ne pouvait rien m'arriver.

Cependant, Trévor ne me lâchait pas. J'ai fini par lui avouer que tu avais mal interprété la conversation avec Kévin « le lourd ». Oui, oui, visiblement tu avais encore mes codes.

— Change-les immédiatement, m'a ordonné Trévor. Devant moi !

— Bien sûr, ai-je obtempéré en remettant les mêmes codes.

Puis Trévor a pris mon téléphone et a bloqué Kévin D. Deux heures plus tard, j'ai reçu un message d'un certain Nikev : « Bonjour, c'est moi Kévin, je n'ai plus accès à votre compte depuis deux heures, est-ce normal ? » J'ai bloqué Nikev. Le lendemain, Kévin-Nikev a écrit à Rose pour avoir de mes nouvelles. Je lui ai demandé de le bloquer. Puis il s'est attaqué à une de mes collègues. Les jours suivants, je l'ai vu rôder près de chez moi. Il a envoyé un pote me demander du feu au café du coin. J'ai reçu des mails et des messages sur tous mes autres réseaux.

Je n'ai pas porté plainte pour harcèlement. La seule idée que tu me protégerais toujours, comme le mari de Fanny Ardant dans *La Femme d'à côté*, suffisait à me rassurer.

Aujourd'hui, quand je t'ai déposé les enfants, je portais des cuissardes bleu électrique. Lorsque je les ai vues sur le site, je me suis projetée devant ton portail. Ton regard s'est posé dessus, une ou deux secondes, assez pour que je reparte satisfaite.

Ce n'est qu'en les ôtant dix minutes plus tard – je n'avais pas d'autre but dans ma journée que de te les montrer – que l'évidence de cette couleur m'a frappée : bleu électrique, c'était la couleur de la robe que je portais lorsque tu es tombé amoureux de moi, le soir du gala de médecine en 2008. Elle était drapée, vaporeuse et plutôt courte. J'avais souligné mes yeux d'un khôl de la même couleur et je me souviens avoir été fière de ma tenue.

J'étais alors mariée à ton meilleur ami, le père de Rose, et nous organisions souvent les pré-soirées dans notre appartement. Ce soir-là, tu es arrivé avec ta copine de l'époque et quand j'ai ouvert la porte, tu as effectué un mouvement de recul, comme si je t'avais tiré dessus. Ce moment marque le début de notre histoire et j'y retourne en permanence. Bleu électrique. Tu regardais ma robe, ma silhouette, mes yeux, et tu ne parlais plus. Forte de cette première impression que je t'ai procurée, je n'ai eu de cesse par la suite qu'elle se reproduise. Souvent, on appelle ça de l'amour.

Je ne crois plus en l'amour. Je crois beaucoup au désir, au narcissisme, à l'obsession pathologique, au transfert, à l'adoration. Je crois aussi à l'amitié, à l'attachement, à l'admiration. Je crois aux habitudes, au capital retraite, à la peur de la solitude. Je crois aux convenances et au statut social. Je crois à l'idée de l'amour mais l'amour entre deux êtres, non, je n'y crois plus.

Février 2021

Enlève ta jupe ! Tu ne vas quand même pas accueillir le technicien SFR dans cette tenue ! Comment ça, tu vas à la piscine ? Pour mater les mecs en slip ? Je peux savoir qui t'attend là-bas ? C'est Kévin, c'est ça ? Je vais lui casser la gueule à ce connard !

Princesse, pardonne-moi, je vais tout réparer. Oui, je suis un peu jaloux, mais c'est parce que je t'aime, tu es tout pour moi !

Tu as mis vingt minutes pour aller chercher le pain, d'habitude tu en mets cinq. Qui as-tu croisé ? Mon cadeau d'anniversaire ? T'as trouvé que ça comme excuse !

Mon frère t'a vue à 9 h 15 en voiture, alors que tu es censée travailler à 9 heures ! Tu me prends pour un con ? Réponds-moi, s'il te plaît ! Réponds ou je brûle ton cabinet ! Envoie-moi une photo de ton planning, je veux voir la liste de tes patients.

Tu es arrivée à la gare, bébé ? Tu me manques déjà. Tu m'envoies une photo de toi dans le train ? Juste pour être sûr ;) T'es belle. Un peu trop même. Tu l'as envoyée à combien de mecs cette photo ? Je rêve, t'as mis la bague que ton ex t'a achetée ?

Oui, j'ai fait une petite soirée à l'appart, c'est chez moi aussi, non ? Des gens sont restés dormir. Non, tu ne les connais pas, et alors ? Ils étaient fatigués c'est tout, on ne va pas en faire un pataquès ! Tu m'abandonnes pour une soirée à PARIS et je me fais engueuler ! Soi-disant tu travailles, ouais tu vas surtout boire des coups en terrasse jusqu'à pas d'heure, on n'a pas la même notion du travail, ma grande ! Ce serait bien que tu restes à Paris, tu peux même appeler ton ex, d'ailleurs, il ne t'a pas rejointe à l'hôtel ? Tu me fatigues, je ne te supporte plus. T'es forte, bravo, mais tu as tout perdu cette fois. Tu as souvent tout perdu, non ?

Mon amour, tu fais quoi ? Tu rentres à quelle heure ? Je t'attendrai pour décharger les bagages, ta valise doit être lourde avec tous ces livres. J'ai réservé un week-end à la mer, tu verras l'hôtel est magnifique, on sera les plus heureux du monde.

Rendez-vous à la Porte dorée

Comment ça, je suis fou ? Tu sais ce que ma mère dit ? Que les vrais fous sont ceux qui traitent les autres de fous.

Mars 2021

« M. et Mme X sont présents à l'audience, Mme Lacour est présente à l'audience, M. Lacour est représenté par maître J. »

Visites, compromis et vente de la maison. Divorce, tribunal des affaires familiales. Tu n'es pas venu.

Chaque fois, j'ai espéré que tu sois là. Attendre pendant des heures sur une chaise côte à côte aurait permis de briser la glace ; ce n'est pas ce que tu souhaitais.

Les seules nouvelles que j'ai de toi sont celles que nos amis me donnent :

— Qu'est-ce qu'il souffre, Joachim !

Tu as déménagé à l'autre bout de la ville, tu pars tous les week-ends, nous posons et récupérons les enfants à l'école chacun à notre tour. Les maîtresses te surnomment le BG de l'école. Tu refuses que je sois présente à la rentrée des classes. Nous ne nous croisons jamais. Nous ne nous appelons pas davantage. Nos seules discussions SMS ne sont que factures et planning. Tu me laisses vivre mon histoire avec Trévor, tu ne t'interposes pas. La rencontre devant le Monoprix est ta seule tentative. Après cela, tu disparais.

Quand tu m'envoies des messages, concernant le planning de garde ou les comptes bancaires, ils sont si rares que je te dis merci à chaque fois. « OK merci c'est bien noté. » « Merci beaucoup, bonne soirée ! » « Merci de m'avoir écrit. »

Je me suis souvenue récemment que tu avais mis un an à jouir.

Nous étions amants, nous avions 23 ans, nous faisions l'amour pendant des heures, l'après-midi, le midi, le soir, n'importe où, n'importe comment, et tu te retenais de jouir. Tu me repoussais au moment fatidique. Avec douceur et fermeté, tu m'envoyais sur le parquet. Tu grimaçais de douleur et mon corps nu t'interrogeait.

Au bout d'un an, j'ai fini par te lancer au détour d'une conversation :

— Il faut jouir dans la vie, Joachim.

C'était mon anniversaire, il était 15 heures. Tu n'as rien répondu, tu as sorti une bouteille de champagne. On a fait l'amour et tu as joui. Personne n'avait jamais joui d'une façon aussi magnifique. Ton visage n'avait rien de dégoûtant, un simple plissement des yeux avant de les rouvrir, droit dans les miens.

— Merci, t'ai-je dit.

Année 2010

Après le gala de médecine, il y a eu d'autres galas et d'autres soirées bleu électrique. Nous pensions l'un à l'autre nuit et jour et nous sommes devenus amants. Un premier baiser dans un grenier, des capsules de bière que l'on fourrait dans la poche arrière d'un jean ou d'un décolleté signifiant j'ai envie de toi – décliné en « JEDT » par SMS –, l'amour que l'on a fait dans l'herbe, dans le jardin de tes parents l'après-midi, je regardais le soleil à m'en brûler la rétine et je me demandais pourquoi tout cela arrivait si vite, si tôt, pourquoi tout d'un coup.

Cela paraît fou, aujourd'hui, de me dire qu'avec le père de mes enfants, on a vécu des moments de folie inégalée, on a fait preuve d'une créativité inouïe, personne n'a pu faire mieux que nous. Comment deux amoureux si jeunes et si fauchés ont pu inventer tant de scénarios, boire autant de champagne, faire l'amour au bord d'une route, d'un lac, à côté et à l'insu de tous ? Qu'ils aient pu ainsi voler des moments à l'absurdité de l'existence, que Frédéric Beigbeder leur propose d'être leur alibi, l'alibi de deux étudiants, c'est inconcevable. Non, cela n'arrivera plus jamais et voilà la seule véritable passion que nous aurons connue toi et moi dans notre vie, qu'importe ce qu'il se passe après, à l'âge adulte, et qu'on me dise : « Tu verras, ça peut être paisible aussi, l'amour. Tu verras, *c'est différent.* » Qu'ils aillent au diable avec la différence et l'apaisement, que voulez-vous vivre, après ça ?

La seule certitude que j'ai, c'est celle-ci : nous étions nés pour exploser d'un délire romantique qui ne souffrait d'aucune limite. Deux ans à nous fréquenter en cachette, à mentir au père de Rose. Deux ans de rendez-vous clandestins, d'après-midi merveilleux, deux ans d'amour fou et de poésie.

Ça s'est su. On s'est quittés une première fois : le lendemain matin, tu déposais cinquante roses rouges dans mon casier à la fac. Elles me sont tombées dessus quand je suis allée chercher mes outils de travaux pratiques. Tout le monde a vu, je n'ai pas nié. C'était la chose la plus suicidaire et la plus romantique que tu aies jamais faite. Je suis rentrée chez moi, fière, ensevelie sous les roses. Je me suis déshabillée et je me suis prise en photo, allongée nue sous les pétales. Le drame nous menaçait mais la passion a repris de plus belle, nous nous cachions de plus en plus mal. Encore étudiants, les possibilités de vivre notre amour au grand jour étaient faibles.

Un jour de drame, pour obéir aux injonctions familiales qui nous interdisaient de nous fréquenter, tu as fui.

— Je m'en vais, Anne, je pars, je vous laisse tranquilles. Mais je ne suis pas inquiet, on se quittera souvent mais on se retrouvera toujours.

Il ne faudrait jamais adresser ce genre de phrase incantatoire à une jeune femme de 24 ans, elle pourrait s'y enfermer à vie. Tu es parti pour une année Erasmus à Padoue, à trente minutes de la ville la plus romantique du monde.

La première fois que je suis allée à Venise, c'était pour te voir en cachette. Les grands-parents de Rose y organisaient un voyage familial. Qui a choisi la destination, sinon le diable ? Je lui ai déjà vendu mon âme, j'ai autrefois raconté cette histoire ignoble et je la raconterai encore.

Je t'ai annoncé : « Je viens à Venise dans dix jours avec ma belle-famille, j'ai envie de te voir, je ne sais pas comment faire. »

Nous n'avions jamais cessé de nous écrire après ton départ. Tu me rendais folle de jalousie avec les Italiennes. Tu cherchais d'autres bras et tu te perdais dans des soirées cosmopolites. Malgré cela, tu m'envoyais dix mails par jour.

« Parce que tu crois qu'on réussira à ne pas se voir ? RDV samedi à 16 heures en haut du Rialto. »

Bien sûr que non, nous n'avons pas réussi. C'était tellement facile d'inventer des excuses rocambolesques, de tous les semer, puis de courir dans le dédale des ruelles et des ponts pour me poster à 16 heures pétantes en haut du Rialto. Il n'y a jamais eu aucun obstacle entre nous, seulement des conséquences.

J'étais partie sans Rose, gardée par ma mère. De Venise, elle ne saura pas quoi penser plus tard, entre moi qui l'adule et son père qui l'abhorre. Ma mémoire est étonnante : de ce séjour, je me souviens uniquement de notre entrevue qui aura duré une heure. Je n'ai gardé aucun souvenir du voyage en avion ou des visites avec ma belle-famille, seule une explication iconographique de l'Annonciation donnée par ma belle-sœur, et l'air réprobateur de mon mari lorsque j'ai prétexté une envie de shopping seule, me restent en tête.

La beauté de Venise ne m'a pas frappée avant que l'on se retrouve au point de rendez-vous, au beau milieu du Rialto. Après cela, je l'ai trouvée charismatique, labyrinthique et brumeuse, comme toi.

En haut du pont, tu m'as enlacée puis, rapidement, pour échapper au flux des touristes et des dangers potentiels, tu m'as pris la main et nous avons couru en renversant les passants. Les pigeons s'envolaient, je me prenais pour Angelina Jolie dans *The Tourist*. Nous n'avons pas fini au Danieli mais au pire endroit de la cité des Doges : une ruelle sans nom, empestant le poisson et par conséquent déserte.

J'ai le souvenir d'un marché attenant. Je ne la retrouve pas sur Google Earth, je dois retourner à Venise.

Dans la rue du poisson, nous nous sommes étreints, puis tu as pleuré dans mes bras comme un petit garçon. Tu as pleuré comme lorsque je t'ai quitté dix ans plus tard. Tu pleurais parce que tu faisais n'importe quoi, tu sortais et tu buvais tous les soirs, pas pour la fête mais pour t'abrutir, pour m'oublier. Tu pleurais parce que tu réalisais que notre histoire était grave. Jamais nous ne réchapperions de notre emprise mutuelle. Nous balisions, dans cette ruelle abominable aux poubelles pleines, l'apogée de notre passion.

Mai 2021

Après une violente dispute, Trévor m'a proposé d'être sa fiancée. Nous nous étions entretués à propos du menu du déjeuner, poulet ou pâtes. Il s'était emporté, il avait claqué la porte et je m'étais sentie soulagée à l'idée de me retrouver avec mes enfants. Il est revenu pour le café avec un bouquet de roses rouges et une bague de fiançailles. Il n'a jamais été question de mariage, mais parler de mon *fiancé* me plaisait davantage que *petit copain*, Trévor le savait. Se fiancer sans jamais se marier, n'est-ce pas la gageure d'une histoire romantique réussie ? Pour cette raison, parce que la bague était belle et que je voulais la paix, au moment où j'allais lui demander de rompre, j'ai dit oui.

Je ne sais pas comment j'ai réussi à tenir un an. Ses crises ne connaissaient aucune trêve. Il était persuadé que je forniquais avec la terre entière alors que j'avais besoin d'être seule. Pas seule dans une pièce, pas seulement une heure, mais des journées entières. Quand je n'avais pas les enfants et que je ne travaillais pas, ma propre compagnie m'intéressait plus que la sienne. J'avais un livre à écrire et il m'interrompait toutes les cinq minutes : « Ça va chérie, tu t'en sors ? » Comme si, de l'écriture, on s'en sortait un jour. Il avait raison de penser que je le trompais, je mentais pour écrire en paix, mon roman était mon amant. Je n'étais pas amoureuse de Trévor ; si je n'avais plus eu de forces pour sauver ma famille, j'en avais encore moins pour le supporter et cela le rendait hargneux.

Le bouquet de roses des fiançailles a vécu à peine vingt-quatre heures. Je suis rentrée du travail et ma chambre était en miettes, il avait arraché tous les pétales qui jonchaient alors le sol et le lit. Il avait aussi déchiqueté une chemise que je lui avais offerte, raturé mes carnets et déchiré mes livres. J'ai remercié le ciel d'avoir encore mon annulaire, qu'il aurait coupé sans scrupule pour brûler la bague. J'avais toujours relativisé ses crises et j'attendais qu'elles passent en me focalisant sur sa bonne humeur et sa gentillesse, mais le spectacle de mon appartement détruit m'a profondément déprimée. J'ai envoyé une vidéo du désastre à Chloé sur Instagram ; dans un coin de ma tête j'espérais que tu continuais à espionner mon compte. J'aurais aimé que tu saches, à cet instant-là de ma vie, plus de six mois après notre rupture, que je n'avais connu aucun moment de joie ou de fête.

Rose est rentrée du collège cinq minutes plus tard. En débarquant dans ma chambre et en apercevant le foutoir, elle s'est figée.

— Ma pauvre Maman. Je vais t'aider.

Elle est allée chercher un grand sac pour récupérer tous les pétales et un aspirateur pour les épines.

Ensuite, elle a fait couler un bain et m'a apporté un verre de vin, mes cigarettes, mon livre en cours, puis elle a saupoudré de pétales la mousse de la baignoire. Elle a allumé quelques bougies, m'a mis du rouge à lèvres et elle m'a photographiée dans l'eau, nageant dans les pétales, un verre à la main.

— Voilà ce qu'on en fait, Maman, de sa colère.

Tu t'appelles Rose. Tu es née par accident et pourtant ta mère t'attendait. Dans le doute, de peur de déranger, tu t'es faite toute petite dans son ventre. Tu es née le jour prédit, tu n'as jamais aimé faire de vagues. Tu aimais le lait de ta mère mais elle devait poursuivre ses études. Le lait en poudre t'a coupé l'appétit et tu n'as plus jamais eu faim. Tu t'es réfugiée dans la musique. À 2 ans, tu réclamais Édith Piaf et Beyoncé pour t'endormir. Enfant modèle, tu n'étais que douceur et joie. Jeune adulte, tu t'adaptes au monde et le monde te réclame. Tu prépares des thés parfumés et brûlants que tu ne bois jamais. Tu ne t'exprimes que pour dire l'essentiel. À tes yeux, l'amitié a toujours eu plus de valeur que le travail. Tu es l'élément indispensable d'un groupe, tu apportes ce supplément d'harmonie et d'esthétique, cet ingrédient rare et superflu dont on ne peut se passer après l'avoir goûté. De ta présence, tu apaises les tensions, tu rayonnes sans briller, tu illumines la foule sans sourire. Ô magnifique reine !

Rendez-vous à la Porte dorée

Quand tu poses tes doigts sur le piano et que tu te mets à chanter, le cœur de ta mère oublie pour quelques instants celui de Joachim.

Est-ce que Rose t'aimait ? Oui, elle aimait la famille recomposée que nous formions. Elle a aimé me voir sourire, légère et apprêtée. Elle était ma complice lorsque nous devions ranger l'appartement en désordre dix minutes avant ton retour du travail : « Flash ménage, Joachim arrive ! » Elle est aussi le témoin de notre intimité. Au début, quand nous voyagions, elle a posé ses mains sur ses oreilles lorsque nous faisions l'amour dans les chambres d'hôtel, la croyant endormie. Elle a aimé les soirées avec nos amis, envolés depuis notre séparation. Elle était la plus heureuse des petites filles quand nous les invitions, elle aidait pour les préparatifs et attendait, sans jamais se plaindre, l'heure tardive du dîner. Elle aimait se retirer dans sa chambre pendant que la fête battait son plein. Jamais elle ne nous a demandé de baisser le son de la musique car, depuis son lit, elle savourait la solitude de se sentir entourée de jeunes adultes joyeux. Je sais combien ça lui manque.

Elle a aimé les moments inoubliables des naissances, les retours de la maternité que tu avais préparés avec soin, les bouquets de fleurs, la famille venue de loin, le champagne coulant à flots. Elle a pleuré la première fois, quand j'ai déposé Philippine dans son berceau et que j'ai ouvert l'écrin d'une bague, une magnifique amulette verte que je n'ai jamais pu quitter. Elle l'a vu en direct, ce bonheur intense, elle saura raconter plus tard à ses petites sœurs : « Maman était belle, Maman était un soleil. Elle a été heureuse, très heureuse. Elle riait du matin au soir vous savez, elle a adoré vous mettre au monde. »

Rose a passé dix ans avec toi. Tu l'éduquais, tu l'emmenais tous les matins à l'école, tu lui apprenais les jeux, le sport, tu la gardais les week-ends quand je devais m'absenter. Vous bricoliez ensemble, elle tenait les vis et les marteaux, elle jouait du piano et tu en redemandais. Pour plaisanter, vous vous liguiez contre moi et je feignais l'indignation.

Puis l'inquiétude est apparue. Lors de la visite à la maternité de mon dernier enfant, ses yeux ne pouvaient se détacher de mon ventre qui ne dégonflait pas. Quand allais-tu cesser d'abîmer sa maman ? Elle demeurait impuissante face à mes crises de larmes et ma fatigue incommensurable. Elle m'apportait un verre d'eau pendant les tétées sans dire un mot.

Un matin, à 13 ans, elle m'a demandé si on allait se quitter bientôt, l'air était irrespirable, on se disputait sans cesse et tu étais devenu injuste envers elle. Une femme m'a dit autrefois : « Une fille aînée est la continuité de l'âme de sa mère, elle en ressent les plus infimes variations et restera liée à son humeur. » Rose n'a pas été surprise quand je lui ai annoncé notre rupture. Ni triste ni heureuse, elle a retenu un gloussement comme souvent les enfants rient devant les drames, par gêne, par surprise, ou parce qu'ils ne savent pas y faire face.

Je ne sais pas pourquoi on sabote tout, ou s'il y a une raison à cela. Je ne sais pas si on quitte le bonheur de peur qu'il ne se sauve, parce qu'on n'en peut plus ou juste parce qu'on s'ennuie. Je ne sais pas à quoi correspond la fuite. Je ne sais pas pourquoi les femmes s'en vont, ni pourquoi les hommes achètent une moto. Je ne sais pas à quel Dieu ou à quel diable on obéit, si on a des prédispositions pour le faire, si on répétera indéfiniment le même schéma et si c'est celui de nos parents ; on leur remet toujours sur le dos – merci Papa, merci Maman pour mon héritage, mon goût du risque et mes névroses –, alors qu'ils n'y sont pour rien. Des idéaux nous poussent pendant des années à persévérer et une pulsion suffit à tout gâcher. Nous sommes encore des enfants et nous commettons de grosses bêtises.

Je ne regrette pas la pulsion qui m'a entraînée à 24 ans à tout déballer au père de Rose et prendre un billet pour Venise. Ma première rupture n'a rien à voir avec la deuxième. La première fois, c'était pour vivre notre amour au grand jour. La deuxième fois, c'est parce que le couple que nous étions devenus ne me plaisait plus.

Pourtant, quand j'ai débarqué à Venise, tu n'as pas été à la hauteur. Tu es venu me chercher à l'aéroport mais tu ne souriais pas. Tout quitter pour quelqu'un, ce n'est pas un cadeau qu'on lui offre mais un fardeau qu'on lui pose sur les épaules. Du week-end, tu n'as pas cessé de demander qui était au courant, ce que mes amis et mes parents en pensaient – mon père ne me parlait plus. Lors des soirées avec tes amis, tu me laissais me débrouiller avec mon italien approximatif et tu te murais dans un silence bizarre. Seul le moment où j'ai fait pipi dans le coin d'une place provoquant une *acqua alta* localisée nous a fait rire un peu. Je suis rentrée en France peu rassurée et amère. J'ai affronté seule le déménagement et les conséquences de mon divorce en attendant ton retour qui n'a été que l'exacte répétition du week-end vénitien. Tu as changé de visage quand je me suis offerte à toi, tu n'avais jamais été aussi amoureux que lorsque j'étais prise. Le poids de la culpabilité a toujours été trop lourd à porter. Je l'ai compris plus tard : nous étions des amants avant tout. Nous n'avons jamais été des époux ni des parents, encore moins des amis. Nous sommes des amants.

Au retour de Venise, tu es resté froid et distant pendant cinq longues années mais j'ai patienté, enduré. Un jour, tu redeviendrais le Joachim amoureux que j'avais connu ; ce jour est enfin arrivé et deux enfants plus tard je t'ai quitté. Ainsi séparée de toi, je suis revenue à cet état d'insécurité, celui d'une femme qui t'attend. Obsédée par l'absence, je n'ai peut-être cherché que cela toute ma vie : te tenir à distance pour te posséder. T'éloigner pour te raconter.

Décembre 2015

Cinq ans après l'épisode de la rue du poisson, deux déménagements plus tard, Rose en garde principale chez nous, nous sommes retournés à Venise. Réveillé à l'aube, tu ne connaissais pas encore la destination, je tenais à t'en faire la surprise. Je t'avais sommé d'emporter tes affaires de ski pour faire diversion. Nous avons roulé des heures, traversé le tunnel du Mont-Blanc, jusqu'au bout tu as cru que nous allions à la neige. Depuis que j'ai lu *Seule Venise* de Claudie Gallay, je préfère la Sérénissime l'hiver.

À cette époque, tu venais de passer le cap de la culpabilité. Nous nous étions battus pour récupérer une vie sociale et l'approbation de nos parents. Nous avions déménagé dans une ville neutre, loin des souvenirs de l'adultère et de ses conséquences. Rose et toi vous entendiez bien, nous étions parvenus à un équilibre. Nous étions au printemps de notre couple, en nous les projets bourgeonnaient enfin. Nous avions 29 ans, l'âge des grandes décisions.

J'avais tout prévu, l'hôtel avec vue sur la place Saint-Marc, le dîner au Caffè Quadri le soir du 31. Un peu avant minuit, au moment du dessert, tu as pris ma main et tu m'as demandé si je voulais être ta femme et la mère de tes enfants. C'était mon souhait le plus cher. Je t'ai embrassé par-dessus la table et mes cheveux ont pris feu dans la bougie. Un serveur nous a photographiés, nous souriions comme deux enfants. Ensuite, nous avons rejoint la foule sous le feu d'artifice. Avec nos deux masques vénitiens achetés à un vendeur ambulant, nous nous embrassions sous la pluie d'étincelles multicolores. Que puis-je vivre de plus prometteur que ce souvenir pailleté ?

Moins d'un an plus tard, Philippine naissait, nos carrières respectives décollaient, je me réveillais chaque matin emplie d'une forme inégalable, les journées n'étaient jamais assez longues. J'ai le souvenir précis de pleurer lorsque le bonheur me submergeait, je n'ai jamais attendu qu'il disparaisse pour le réaliser. Je me réveillais et je me disais : « Mon Dieu, ce n'est pas possible d'être aussi heureuse. » Mon cœur battait si fort de vivre que j'en avais la chair de poule. Rien n'était pesant, contrariant, tout était source d'amusement. Tu m'as comblée de joie, mon amour.

J'ai aujourd'hui cette impression prégnante, celle d'être maintenue dans une salle d'examen alors que j'ai déjà rendu ma copie depuis plusieurs heures. J'ai donné au correcteur un travail argumenté et soigné. Il me semble avoir réussi tous les exercices et plus vite que les autres élèves, qui sont encore là, penchés et appliqués sur leur table. Il ne m'est pas permis de sortir de la salle. L'examinateur sourit, impassible, il me regarde comme si de rien n'était, puis il se tourne vers les autres visages, occupés à réfléchir, corriger et écrire encore.

Je ne tiens plus sur ma chaise, je trépigne à ne rien faire et à attendre bêtement qu'on me libère. Je doute quelques instants : ai-je rendu ma copie trop tôt ? Ai-je oublié quelque chose ? Suis-je passée à côté du sujet ? Je n'ai rien à ajouter, alors pourquoi dois-je attendre, pourquoi ai-je le sentiment permanent d'avoir fini ma vie ?

J'ai obéi aux injonctions parentales et sociales, j'ai réalisé de bonnes études puis je me suis attelée à ma passion, j'ai accompli mon rêve d'enfant : écrire. J'ai vécu une passion incomparable, j'ai découvert le monde et des milieux insoupçonnés, j'ai enfanté trois fois, divorcé deux, j'ai voyagé dans les plus beaux endroits et joui un milliard de fois avec toi. La vie a-t-elle autre chose à m'offrir que la répétition pâle et décevante de mes souvenirs et de mes émerveillements ? J'aurais aimé que ma mère inclue un système d'obsolescence programmée dans mon génome. Je me suis dépêchée de tout vivre pour n'avoir aucune frustration, alors que la frustration elle-même est le moteur de l'existence.

Quand j'entends certains dire : « De toute façon, ça ne peut pas être pire », moi je pense : « Ça ne peut pas être mieux. » Regarder les autres vivre, est-ce là ma seule récompense ?

— Je sais ce qu'il se passe chez nous, les femmes, à partir de 35 ans.

— Pardon ?

Mon ostéopathe cesse l'exploration des nœuds de mon dos.

— C'est la question que vous aviez posée la dernière fois que l'on s'est vus. Il me semblait que vous vous interrogiez sur la gent féminine.

— Alors, quelle est votre théorie ?

— Je pense que les femmes se sentent perdues après avoir conçu leur progéniture. Tant qu'une femme est dans la première partie de sa vie, tant que subsiste l'expectative d'enfanter un jour, elle avance. Même si cette femme scande qu'elle n'en aura jamais, elle est dans le champ des possibles, dans *l'avant.* Mais le jour où cette possibilité s'évanouit – sa famille est au complet, elle n'a plus l'âge, plus l'énergie, plus de mari –, alors quelque chose s'éteint, ou s'affole. Sa mission archaïque de mammifère est finie, et cette bascule dans *l'après* induit en elle une perte de sens plus ou moins provisoire, le temps de l'acceptation, et ça se passe souvent à partir de 35 ans. Cela conduit à toutes sortes de comportements. Certaines abandonnent le navire, d'autres conçoivent le petit dernier. Beaucoup prennent un amant ou des antidépresseurs.

— Donc vous réduisez vos congénères à des pondeuses ?

— Ou des non-pondeuses, c'est selon. Je fais comme vous, j'observe les femmes de mon entourage. L'être humain se surestime, occultant le fait que la totalité de la chimie de notre corps et de notre cerveau est vouée à la reproduction. On passe notre vie à réprimer nos pulsions, à les transformer en argent ou en art, alors qu'*in fine*, pour la grande majorité d'entre nous, tous nos actes nous poussent à nous retrouver confinés et heureux avec un partenaire sexuel. Vous savez, depuis que je suis célibataire, j'en suis venue à redouter la période de l'ovulation. Je préfère désormais la paisible période des règles, le champ des impossibles. Chaque fois que j'ovule je réalise à quel point toute cette euphorie est inutile, c'est une fête intérieure et physique dont je ne ferai pas profiter un autre corps. Je pleure pour toutes ces ovulations gâchées, j'en deviens agressive. C'est toujours à cette période du cycle que je me bloque un truc. Cette cuisse que vous essayez de débloquer, c'est mon corps qui ne peut plus et ma tête qui ne l'accepte pas, ou l'inverse.

Mon ostéo demeure dubitatif.

— Moi je pense qu'une femme connaît trois crises existentielles au cours de sa vie. À 15 ans, 35 et 55. Vous voyez, quand vous en aurez 55, votre fille fera celle des 35.

— Et à nouveau, je ne pourrai pas l'aider.

Juillet 2021

Quand Trévor me demandait de changer de tenue pour sortir ou lorsqu'il m'interdisait la piscine municipale, je riais et je n'en faisais qu'à ma tête. Je ne le prenais pas au sérieux, j'avais passé l'âge de confondre compromis et soumission. J'observais ses crises et je constatais ses disparitions comme on regarde un animal dans un zoo. Je respectais son caractère ombrageux et je tirais toujours un certain profit de ses accès de colère, notamment de la tranquillité obtenue lorsqu'il partait de l'appartement en fureur.

Au début, j'ai cru qu'il mimait la caricature du macho pour me montrer son attachement. Je riais aux éclats. Il me laissait rire mais poursuivait ses réflexions déplacées. J'alimentais sa paranoïa, je ne pouvais concevoir qu'il pensait réellement toutes ces horreurs hurlées et je refusais d'entrer dans son jeu pour le satisfaire ou éviter ses crises. Je restais moi-même. Je pensais que je ne risquais rien. Qu'aurait-il bien pu me faire ?

Le soir où je me suis réfugiée dans le lit de Rose, sans clé de l'appartement – il l'avait cachée – et sans téléphone – il me l'avait confisqué –, j'avais dû rire un peu trop. Je m'étais moquée de lui, j'avais levé les yeux au ciel, je l'avais pris de haut. Je l'avais traité d'alcoolique, de fou à lier. Il s'est énervé, il a arraché ma bague et l'a envoyée au fond des W-C. Il a tiré la chasse d'eau en me traitant de sale vieille. J'étais la pire écrivaine, la pire mère au monde, j'avais tout raté. C'est à ce moment-là que j'ai décidé de dormir dans le lit de Rose, alors en week-end chez son père. Il m'a suivie, il s'est assis sur le lit en m'écrasant la cuisse et s'est allumé une clope. Il m'insultait en boucle, me traitait de vieille moche, de mauvaise mère et d'écrivaine ratée, les cendres tombaient sur mes cheveux et pour la première fois de ma vie, j'ai décidé de me taire jusqu'au lendemain, de le laisser m'insulter, oui, de me laisser faire et de me soumettre. Je reprendrais le combat une prochaine fois, dans un livre, puisque les mots ont toujours été ma seule arme. Je l'ai laissé s'épuiser, je n'avais qu'à compter les heures jusqu'à son départ au travail et après je trouverais un mensonge pour reprendre son trousseau de clés. Je me suis promis cette nuit-là que plus jamais il ne mettrait un pied chez moi. J'ai eu peur. Comme il continuait à m'accabler d'injures, je fermais les yeux et je récitais mentalement la phrase de Simone de Beauvoir : « Personne n'est plus arrogant envers les femmes, plus agressif ou méprisant, qu'un homme inquiet pour sa virilité. »

Trévor était un homme en colère parmi d'autres.

Que fait-on de la colère des hommes et des femmes ? Il n'y a pas cinquante issues : soit on se démène dans le travail (ou le sport, ou le sexe), soit on fume du cannabis, soit on tape (son conjoint, des inconnus). On peut mettre les insultes dans la case taper. Parfois, on cumule.

Trévor était en colère, il fulminait, sifflait, je fermais les yeux et je le laissais m'insulter pour avoir la paix. « Oui, tu as raison, j'ai tout raté. Je te demande pardon. » Il a fini par partir de la chambre de Rose et je l'ai entendu au loin s'affaler sur mon lit. Je me suis levée doucement, j'ai récupéré mon téléphone dans sa poche et je suis retournée dans la chambre de ma fille. J'ai raconté la nuit de l'horreur à Chloé sur Instagram en espérant que tu lises le message. Tu devais dormir, tu n'es pas venu me délivrer. Plus tard, un peu avant l'aube, j'ai eu envie de faire pipi. De peur de réveiller Trévor et sa colère, j'ai trouvé un verre sur le bureau de Rose et j'ai fait pipi dedans. Je l'ai caché sous le lit en me promettant de le vider le lendemain. J'ai oublié bien sûr, et Rose a retrouvé le verre rempli d'urine quelques jours plus tard. Elle a attendu plusieurs mois avant de me l'avouer. Je lui ai expliqué l'histoire sans entrer dans les détails et la honte a soudain empli l'air de notre appartement. J'avais quitté les pères de mes filles pour uriner dans un gobelet la nuit, transie de peur.

Ceux qui ont croisé ou rencontré Trévor n'ont jamais compris pourquoi je m'en étais entichée. Encore moins comment j'avais pu tenir si longtemps. Aujourd'hui encore, quand on me pose la question, je n'ai aucune explication sensée à offrir. Je parle de ses bons côtés, de ses coups de théâtre, de ses promesses, mais c'est un mensonge. Trévor n'a toujours été que la matérialisation de ma fuite et de mon sabotage dont j'allais écrire un livre ; le quitter demandait de l'énergie et je la gardais pour mon roman.

Avec du recul, si je repoussais autant le moment de me séparer de lui, c'était pour retarder celui où j'officialiserais mon propre échec, dont je pressentais une souffrance bien plus grande que quelques injures nocturnes.

Juin 2019

Deux ans plus tôt. Nous étions encore ensemble. Une nuit, tu as commis l'irréparable. Un geste fatidique.

Gisèle avait un mois, Philippine 2 ans. Il était 3 heures du matin, la canicule tombait des Velux et les insectes avec elle. Tu avais installé une moustiquaire dans laquelle nous nous emmêlions, ainsi qu'une climatisation portative bruyante dont le tuyau évacuait l'air chaud grâce à un système de toile à scratch. Gisèle dormait avec nous car elle réclamait à boire toutes les deux heures et nous avions coincé la toile de la moustiquaire sous le berceau. Je bêlais d'inquiétude car je craignais que mon bébé ne s'étouffe. Tu râlais. Nous recommencions. Nous passions une heure chaque soir à installer le dispositif.

Philippine, dans la chambre attenante, se réveillait, elle aussi, toutes les deux heures. Elle avait brusquement cessé de faire ses nuits, au mauvais moment ;

les causes étaient multiples, l'apparition de sa petite sœur, la chaleur, les cauchemars, la soif, les démangeaisons. Les nuits blanches se superposaient : quand l'une s'endormait, la deuxième se réveillait. Sans nous concerter, je m'occupais de Gisèle que je nourrissais, et toi de Philippine que tu rassurais. Il fallait également emmener Rose à l'école le matin. Tu travaillais beaucoup et de mon côté je tenais à assurer un tant soit peu la promotion de mon premier roman. Nous étions deux zombies, deux machines, comme tous les couples d'enfants en bas âge que je croise et pour lesquels je prie et demande le salut.

Cette nuit-là, Philippine a commencé à pleurer, nous l'avons entendue dans le babyphone. Tu t'es levé d'un bond.

— Attends un peu, t'ai-je dit, elle pleure en dormant, elle va se rendormir.

Tu ne m'as pas écoutée et tu t'es précipité dans sa chambre. Tu as allumé son plafonnier et tu as commencé la chasse au moustique. J'entendais des grands coups de poing résonner dans le mur et le babyphone. Tu tapais comme un damné. Raté, encore raté. Philippine s'est mise à pleurer pour de bon. J'avais peur que tu réveilles Gisèle et Rose, je me suis levée.

— Viens te recoucher, ce n'est pas grave, t'ai-je dit.

Tu m'as foudroyée du regard et tu as recommencé à taper sur les murs avec un livre de *Petit Ours brun*. Mauvais choix, trop rigide, pas assez souple pour écraser un moustique (j'y ai souvent repensé). Rose, inquiète, est apparue en culotte. Serviable comme à son habitude, elle t'a demandé si elle pouvait t'aider à tuer le moustique.

— Retourne dans ta chambre ! lui as-tu hurlé.

Elle n'a pas demandé son reste. Entre-temps, le moustique fourbe s'était caché. Tu furetais dans tous les coins de la chambre de Philippine, fou de rage. Le moustique est ton seul prédateur, tu pourrais t'ouvrir la main en deux pour l'éradiquer. Gisèle s'est réveillée à son tour. Je suis allée la chercher et je suis revenue. C'est alors que je t'ai aperçu debout dans le couloir, hagard.

— Allez, Joachim, laisse tomber, on est fatigués. Viens te recoucher.

— Ouais. C'est pas toi qui te lèves dans trois heures et qui paies tout ça, as-tu sifflé en balayant l'air avec les bras.

Je me suis énervée.

— Tu réveilles tout le monde pour rien ! Oui, l'argent je sais, mais ça va aller, ton argent n'est pas un moustique, il ne va pas s'envoler ! Tu deviens cinglé !

Et c'est à ce moment-là, toi debout dans la pénombre du couloir, moi tenant mon bébé affamé dans les bras, que j'ai vu ton regard luire d'un air malsain et ta main se lever lentement. Tu as levé le poing et tu m'as fait un doigt d'honneur, en souriant férocement.

Ô mon bel amour ! Si seulement tu avais songé que ce geste détruirait toute l'histoire romantique que je m'étais construite de nous ! Nous n'étions pas nés pour vivre cela, cette médiocrité ne nous correspondait pas, comment avions-nous pu en arriver là ? Ô Joachim, pourquoi anéantir d'un seul doigt notre idylle idéalisée ?

Si seulement tu avais pu annuler ce geste ! Je suis restée abasourdie une heure entière et j'ai passé le restant de la nuit à pleurer. Quelque chose s'était brisé, la première fois en dix ans.

Bleu orage était cette nuit-là, bleu mauve mon cœur battu, bleu électrique le regard de l'homme que j'ai croisé quelques semaines plus tard, ce même bleu que le tien autrefois.

« Travaille à l'école, tu pourras dire merde à un homme », m'ont répété ma mère, ma grand-mère et mon arrière-grand-mère depuis l'au-delà.

J'étais petite et j'ai cette image gravée en moi : deux femmes pleurant dans une cuisine, assises de part et d'autre d'une table en bois. Une toile cirée collante, blanche à fleurs jaunes, recouvre la table. Elles boivent plusieurs cafés tandis que je joue dans la véranda. J'entends des bribes de phrase : « Je suis obligée de rester avec lui », « J'avais besoin de la pension », « C'est dur de joindre les deux bouts ». Ce sont ma mère et ma grand-mère. Elles se tiennent courbées et les mains jointes. Elles essuient une larme puis tournent lentement leur regard vers moi.

Avais-je le choix ?

Ainsi, le premier doigt d'honneur venu réveilla dans leur tombe toutes les femmes de ma famille. Puis tu as prononcé la phrase fatidique :

— Arrête avec tes caprices, on est en pandémie, ce n'est quand même pas si compliqué de s'occuper de trois enfants, ramène mon salaire et on échange !

J'ai réalisé que si j'avais sacrifié ma jeunesse à travailler, si j'avais toujours été première en maths sans jamais comprendre un exercice, simplement en apprenant par cœur l'intégralité de tous les manuels, si j'avais mémorisé les os des crânes et des poignets à en rêver la nuit, si j'étais retournée dans l'amphi une semaine après mon accouchement, si j'avais soigné des gens en me regardant depuis le coin de la pièce à me demander qui était cette dame en blouse une seringue à la main, oui si je m'étais ainsi dédoublée pendant trente-cinq ans, ce n'était pas pour mon épanouissement personnel dans un travail que je n'aimais pas, c'était uniquement pour obtenir une sécurité qui me permettrait de te répondre en souriant le moment venu :

— D'accord, on échange.

Le lendemain, j'ai postulé dans un centre médical. La semaine suivante, je retravaillais, tant pis pour les livres. Un mois après je te quittais. Cette mission ne m'a procuré aucune satisfaction, seulement un grand sentiment de gâchis. Je l'ai accomplie pour ne pas la léguer à mes filles tel un fardeau. Elles en auront d'autres.

Vers mes 20 ans, j'avais remis en question cette mission : je venais d'accoucher de Rose, j'étais étudiante et vulnérable comme seule la maternité peut nous rendre vulnérable, je ressentais l'envie de dépendre financièrement d'un homme, de ne plus travailler et de m'occuper de lui. J'ai pensé à interrompre mes études. Rendre l'homme inapte à gérer le foyer était un rempart ancestral contre la séparation. Je pressentais que l'argent ne ferait que me plonger dans la plus totale solitude. Fière de ma découverte, j'en ai parlé à ma mère, et nous avons eu une violente dispute. Elle était très fâchée : comment pouvais-je balancer des conneries pareilles ? N'avais-je pas honte ?

Hier, Maman m'a rappelé cette conversation, elle qui aujourd'hui me voit riche mais seule dans ma grande maison où je n'ai personne à aimer.

— Tu n'avais pas tout à fait tort, Anne, a-t-elle conclu.

Je n'avais pas raison non plus. Pour mes filles, je souhaite que ce combat n'existe plus. Que la question du choix de partir n'en soit plus une, juste une option parmi d'autres. Que les hommes comprennent qu'il y a mille et une façons de garder une femme, mais pas celle-ci. Je voudrais que les hommes ne proposent plus jamais à leur femme d'arrêter de travailler mais qu'ils les aident à garder une activité épanouissante malgré la maternité, je voudrais que Rose ne quitte jamais l'amour de sa vie à cause d'un sentiment d'injustice.

Octobre 2021

Trévor s'obstinait, il répétait qu'on devait passer les quatre saisons. Il se trouvait poétique. Je n'étais pas une pizza et depuis la nuit de l'horreur ma décision était prise, j'allais le quitter. Je laissais la relation s'étioler, je le forçais à sortir sans moi, je n'aspirais qu'à une seule chose : dormir seule. J'avais récupéré mes clés et il avait pris un appartement.

L'été, le dernier quart de la pizza, s'est mal passé. Il n'avait pas pu poser de congés et mon séjour en Provence avec mes filles s'est révélé catastrophique. Il devenait fou de jalousie, m'accusait de coucher avec tous les animateurs du club de vacances. Depuis la naissance de Gisèle, prendre une douche complète relevait du miracle, alors forniquer avec un G.O. tenait de la science-fiction. Je ne compte pas les fois où je l'ai bloqué sur mon téléphone ni celles où je lui ai redonné une chance. À mon retour, il attendait devant mon immeuble à 2 heures du matin pour m'aider à décharger les valises et porter les enfants endormis. Il est rentré chez lui pour me laisser me reposer et nous avons encore tenu un mois, à nous fréquenter de façon sporadique, jusqu'à ce qu'il te casse la gueule.

Il paraît que tu l'as un peu cherché. Tu lui as sans doute refait le coup du doigt d'honneur. À force, je considère ce geste comme l'emblème de ta rébellion contre la connerie, le désespoir et la vie d'adulte. D'après la fille de la nounou et celle de la boulangère présentes dans le bar ce soir-là, tu l'aurais provoqué à de multiples reprises et insulté grassement.

— Il a ramassé. J'voulais pas, j'te jure, j'voulais pas, il l'a vraiment cherché ! criait Trévor dans le téléphone le lendemain.

Quelque part, je nourrissais le fantasme adolescent de ta protection éternelle. J'en avais la certitude depuis l'histoire de Kévin, tu avais lu toutes mes conversations sur Instagram, tu m'avais vengée, et même si tu avais fini allongé sur le trottoir pendant que tous les amis de Trévor prenaient sa défense, tu étais mon héros.

J'ai annoncé à Trévor que c'était fini entre nous, que personne ne s'avise plus jamais de toucher au père de mes enfants, et je me suis libérée de lui.

Il ne m'a pas fallu deux secondes pour comprendre que je t'avais perdu aussi. Maintenant que j'étais célibataire, tu n'avais plus besoin de me reconquérir. C'est à partir de ce jour que tu as commencé à te muscler et à te chercher une compagne. J'ai entamé mon deuil quand tu as terminé le tien. Une fois de plus dans l'histoire de notre couple, deux avions se croisaient dans le ciel sans jamais se mettre d'accord sur la trajectoire.

Elles ont lu mon livre, celui qui parle d'une obsession, de fièvre, de frissons, de fuite. Elles m'écrivent par paquets, je suis une femme inspirante, courageuse, elles ont ressenti les mêmes choses sans réussir à tout quitter – comme je les envie.

Elles me décrivent heureuse et apaisée, je représente leur liberté potentielle, leur indépendance. Je suis devenue la dépositaire de leur désir, je les écoute, je les lis, puis je repose mon téléphone. Je les accompagne parfois en soirée puis je disparais, je suis juste un alibi. Elles sortent danser pour flirter puis retournent chez elles se blottir dans les bras de leur mari en sanglotant secrètement un amant qui ne répond pas. J'y pense avec aigreur quand je rentre dans ma maison vide.

« Anne ! J'ai un amant ! Un deuxième ! Il faut absolument que je te raconte ! »

« Qu'est-ce que je réponds à Salvador ? Dois-je quitter Grégoire ? »

« Chère Anne, j'ai vécu la même histoire que vous, c'est incroyable, pouvons-nous nous rencontrer pour en discuter ? Je vous ai envoyé un mail racontant toute mon histoire depuis le début, pourriez-vous me faire un retour ? »

« Bonjour Anne, j'ai adoré votre livre, à quand la suite ? Comment allez-vous aujourd'hui avec votre jeune homme ? J'admire votre côté rock and roll ! Vous avez des couilles ! »

Mais qu'est-ce qu'il se passe chez vous, les femmes, à partir de 35 ans ?

J'ai été cette femme et je ne l'assume plus. Par quelle force obscure était-elle dirigée ? On m'a demandé de faire la promo d'un livre au moment où je le regrettais de toutes mes forces. On me nommait ambassadrice du désir, on m'incluait dans des tables rondes autour de la passion alors que ce livre ne parlait que de la mort. Ce n'était pas moi qui avais relaté une telle passion, c'était impossible, comment avais-je pu vivre dans cet état d'euphorie, de créativité incessante puis me retrouver aujourd'hui inerte et lucide ? Je contemplais mon roman comme un ovni. Qu'avais-je donc vécu ? Qu'avais-je donc écrit ?

— Mes amies, mes sœurs ! Restez avec votre mari et mentez-lui ! répondais-je à ces femmes. Quelle chance de vivre avec un mari que vous ne supportez plus, que vous ne désirez plus, présent tous les soirs dans votre lit pour atténuer le vide et défouler vos angoisses ! Arrêtez de croire que le meilleur est à venir. Si vous pensez que tout quitter résoudra vos problèmes, vous vous fourvoyez, ça peut toujours être pire. S'il vous faut vraiment un amant pour survivre à la vie d'adulte, prenez-en un mais ne quittez surtout pas votre mari !

La déception dans leur regard n'avait d'égal que leur entêtement ; peu de femmes ont écouté mes conseils, elles n'étaient pas venues pour des remontrances mais pour que je les aide à s'évader. Alice Ferney, dans son livre *Une conversation amoureuse*, a écrit cette notion fondamentale : « La compagnie conjugale... On s'en trouvait gâtée au moment où l'on en avait le moins besoin ; la vie était faite à l'envers, le bonheur d'une passion allait à celles qui avaient la jeunesse. »

S'il y a bien une erreur que j'ai commise, c'est celle d'avoir été sincère avec toi. L'honnêteté a été mon plus grand crime. Celles qui mentent s'en sortent heureuses et protégées. Elles ne vieillissent pas seules. Les maris savent endurer les secrets et les fantômes mais ne pardonnent jamais à la main qui balaie le château de cartes.

La vie d'adulte n'est rien d'autre que l'art du compromis. C'est savoir se dire : « Je n'aime pas trop cette période mais j'attends que ça passe » ou « Je ne suis plus très jolie mais c'est moins pire que d'avoir une maladie », « Je n'ai pas assez d'argent pour partir en vacances mais certaines n'ont jamais vu la mer », « Je n'ai plus envie de faire l'amour avec mon mari mais au moins il ne me bat pas », « Il bande mou mais il ne ronfle pas ».

Oui, la vie d'adulte n'est qu'un pis-aller et je ne l'accepte pas. Qui peut croire que je t'ai quitté pour éviter la médiocrité ? Au pays des idéalistes, je me sens si seule.

Nous deux, vivre en gris ? Plutôt crever.

Décembre 2021

Quand Oscar est venu me parler sur Instagram, j'ai pensé qu'il venait me sauver. Je ne l'avais pas revu depuis plus de vingt ans, on s'était croisés de loin à la faculté, j'avais cristallisé l'image d'un jeune homme mignon et intéressant. Je ne lui avais jamais parlé. On se suivait sur les réseaux sociaux sans se connaître, il réagissait de temps à autre à mes publications et suivait mes recommandations littéraires, me conseillait des sorties culturelles lors de mes voyages. Jamais un mot plus haut que l'autre ni une parole déplacée. Sa retenue et sa culture m'apaisaient après l'année tumultueuse passée avec Trévor. Certains hommes ont la seule qualité d'être moins pires que leur prédécesseur et d'arriver au bon moment. Son apparition me paraissait magique alors qu'elle était préméditée. Il avait veillé, tapi dans l'ombre et fusil à la main, à ma disponibilité. Après deux semaines d'échanges prometteurs, j'étais ferrée. Nous planifiions des vacances en Italie avec ses amis, sa mère me passait le bonjour quand nous nous téléphonions. J'avais tous les symptômes de l'état amoureux sans l'avoir vu, je ne dormais plus et j'étais dans un état d'excitation intense. Il a proposé une rencontre.

Je l'ai laissé diriger les opérations de A à Z. J'aurais préféré déjeuner au restaurant mais il m'a invitée chez lui. Son appartement était sa fierté, digne d'un magazine de décoration. Il s'est lancé dans un long dithyrambe sur le champagne qu'il me servait et je n'ai rien écouté. J'aurais voulu manger un peu avant qu'il me plaque contre le mur de la cuisine et j'aurais préféré que le tee-shirt qu'il portait ne sente pas déjà la transpiration. J'aurais aimé qu'il me prenne par la main, avant. J'aurais préféré qu'il mette un préservatif, qu'il n'y ait pas de crucifix au-dessus de son lit. Pendant qu'il me griffait les joues avec sa barbe inutile et qu'il m'entraînait vers sa chambre, je lui ai murmuré : « Tu remarqueras ma docilité. » C'est lui qui me l'a répété après en riant, presque fier. Quel mot de cette phrase a-t-il pris pour du désir ? Aucun, car ce n'est pas ce qu'il recherchait, ni mon désir ni le sien d'ailleurs, ce qu'il voulait c'était m'avoir. J'étais le butin d'une chasse qui avait duré des années, un défi que lui avait lancé un ami un soir en boîte quand il me regardait danser, mais mon désir, non, ce n'était pas son objectif. Il voulait passer pour un mec entreprenant, viril, et tandis qu'il enchaînait une chorégraphie dont on pressentait la répétition immuable, je me questionnais : mais que lui avaient donc appris les femmes avant moi, sinon rien ? Quelle pire honte avais-je vécue dans ma vie que celle de m'offrir à sa peau mal lavée ?

Mon corps n'a pas aimé mais, sur le moment, ce que la tête et les yeux ont transmis, la joie voire la béatitude, ce n'était que de la politesse. Je voulais partir de chez lui en courant mais je suis restée l'après-midi. Je ne sais pas à qui je souhaitais donner une chance : à l'homme dont j'essayais de faire coïncider l'image numérique coûte que coûte avec la réalité, ou à moi-même ? J'ai ce souvenir, celui de commencer l'apéritif en peignoir de bain, les yeux à moitié démaquillés, le chignon défait et de n'avoir plus faim. Quel intérêt, tous ces préparatifs ? Son assaut prématuré m'avait coupé l'appétit. Nous avons eu une conversation sur l'avenir. Oscar énonçait des choses comme : « Qu'importe ton passé, tes enfants, je sais qu'il n'y aura jamais aucun obstacle entre nous. » J'ai tiqué, j'étais fière de mon passé et de mes enfants, je ne les avais jamais considérés comme un obstacle dans ma vie sentimentale. De surcroît, j'ai jugé opportun de lui expliquer la place que prenait la littérature dans ma vie. Il l'a balayée d'une main. « Bien sûr, oui, je te laisserai du temps pour tes petites activités. » *Mes petites activités.* Il ne le voyait pas, mais un morceau de ventricule était en train de se détacher de son muscle. Il a ajouté : « Au fait, je ne t'ai jamais lue, c'est grave ? » *Au fait. C'est grave ?* Ces mots m'ont longtemps hantée. Une fausse humilité a pris le dessus et je me suis entendue répondre : « Pas du tout, si tu n'en éprouves pas la curiosité. »

J'ai joué le jeu jusqu'au bout, je lui ai murmuré des mots tendres et je suis partie, l'air de rien. Deux jours après, je l'ai quitté par SMS. À d'autres que moi, la grande désillusion !

Il m'a envoyée au diable, pauvre de lui, comme si le diable n'était pas déjà mon ami, et longtemps dans mon célibat je repenserais à sa malédiction, qui aurait l'apparence de son sexe mou et collant d'urine, malédiction qui se traduirait par un blocage de la cuisse droite et un dégoût tenace des cheveux clairsemés, des dos qui piquent et des yeux bleu délavé. Il est le seul homme que j'ai regretté. J'ai été plus abîmée en une journée qu'en vingt ans de vie de couple. C'est à partir de lui que je me suis interrogée sur l'exclusivité de mon corps, qui n'avait connu l'enchantement qu'au contact du tien.

Peu après, Paul, l'homme marié, m'a parlé, lui aussi sur Instagram. Je n'avais jamais envisagé ce réseau social comme un site de rencontre mais plutôt comme un outil professionnel. Paul avait la même approche qu'Oscar, prudente et audacieuse à la fois, sans lourdeur, mais à nouveau je n'ai pas eu la prudence de me méfier ; tout ça parce qu'il m'avait lue, j'ai péché par orgueil. J'ai voulu lui donner une chance, nos discussions nous ont menés jusqu'au fameux 15 août, jour où j'ai compris que l'on resterait dans le virtuel à jamais, jour où je me suis juré de ne plus jamais tomber amoureuse d'un profil ou d'une idée.

Trévor, Oscar et Paul n'ont pas retardé le moment de faire mon deuil de toi, ils ont seulement camouflé le manque sans empêcher l'implacable tristesse qui s'est abattue sur moi après eux. Leur nullité n'a fait que souligner ton irremplaçabilité.

Mon ultime erreur avait été de parler d'Oscar à Rose. Je n'avais pas pu lui cacher, elle m'avait vue ronronner d'excitation les deux semaines précédant la rencontre. Un soir, comme je ne lui en parlais plus depuis quelques jours et qu'elle avait vu mon visage s'assombrir, elle m'a demandé de ses nouvelles.

Mal à l'aise et souriant de travers, je lui ai annoncé que j'avais quitté Oscar par SMS. Ça ne l'a pas amusée du tout.

— Mais Maman, t'en as pas marre de quitter tout le monde ? D'abord Papa, Joachim, puis Trévor, et maintenant Oscar !

C'est la première fois que Rose se mettait en colère contre moi. Elle qui n'avait pas connu Oscar, m'a fait la morale pendant une heure. Tout est ressorti : la colère des divorces, des déménagements, des amis perdus, tout est remonté. Je suis restée coite. Je ne pouvais pas lui expliquer qu'il effectuait une toilette de chat au lieu de prendre une douche, alors je lui ai sorti une pauvre étude statistique à deux balles.

— Tu sais, choupette, dans 90 % des ruptures ce sont les femmes qui prennent la décision.

— Tu dis toujours de ne pas se comparer aux autres ! m'a-t-elle hurlé.

À court d'arguments, j'ai laissé sa colère s'épanouir dans la cuisine.

— Je ne veux plus jamais que tu me présentes un homme ! C'est compris ? Plus jamais !

Je lui en ai fait la promesse et jusqu'ici je l'ai respectée.

Nos rapports n'ont cessé de se dégrader par la suite. J'avais à peine le droit d'entrer dans sa chambre, elle menaçait de sauter par la fenêtre. Elle s'est levée une nuit pour se percer les oreilles toute seule avec une aiguille. Elle a cessé de se promener en ville avec moi, ses sœurs tremblaient quand elles passaient devant sa chambre. Quelques semaines plus tard, m'ayant déclaré toxique, elle m'a demandé de l'inscrire à l'internat à la rentrée prochaine. D'après elle, l'ambiance à mes côtés était devenue triste ; je ne l'ai pas contredite.

Et c'est ainsi que je me suis retrouvée seule chez moi, avec mon syndrome du nid vide deux ans après celui du nid trop plein, un ex qui tambourinait à ma porte toutes les semaines, et un regret de toi incommensurable.

Au printemps 2022, j'ai encore déménagé. Je voulais vivre quelque part où Trévor n'était jamais venu, où il ne me retrouverait pas. Je voulais un endroit neutre, un paradis où ma fille et moi ne nous serions jamais disputées. Je voulais un jardin à cultiver, des roses qui fleuriraient deux fois à chaque printemps. Je voulais raconter mes illusions perdues les pieds dans les pâquerettes. À nouveau, je n'ai demandé de l'aide à personne et j'ai contacté une entreprise de déménageurs.

Il y avait un matelas dont j'avais un peu honte et que j'avais recouvert par un drap-housse foncé. Le déménageur a cru à un oubli de ma part et au moment d'emporter le matelas il a enlevé le drap-housse. J'ai baissé la tête à ce moment-là, je ne voulais pas voir sa réaction. Je l'ai relevée quand il emballait le matelas dans une housse spéciale, heureusement opaque, et j'ai remarqué son visage empourpré, sans doute honteux de ce qu'il avait découvert ou de ce que je n'avais pas réussi à cacher. Pour réparer son erreur quelques heures plus tard, il a eu la délicatesse de refaire intégralement mon lit dans la nouvelle maison, pour que je n'y pense plus.

Ce matelas plein de sang, puisque c'est de sang qu'il s'agit et qui malgré mes efforts n'est jamais parti au bicarbonate ni autre produit, était la simple conséquence d'un coït pendant mes règles. Rien de choquant, des tas de femmes le font et je l'avais déjà fait, on pose une serviette puis on la met au lave-linge. Cependant, cette nuit-là, Trévor s'était approché alors que je m'endormais et j'avais murmuré : « J'ai mes règles. » Assourdi par son envie, occultant mon corps raide et non coopérant, il avait enlevé ma culotte et la protection. Je n'avais rien dit, je m'étais laissé faire, pour en finir sans doute, comme on redonne un biberon en pleine nuit à un bébé pour pouvoir se rendormir plus vite, parce qu'on est à bout. Il a recommencé plusieurs fois. J'ai laissé les taches s'imbriquer les unes dans les autres.

Cette tache, c'était mon impuissance à dire non. J'avais laissé le sang couler, j'avais rendu les armes. Cette tache, c'était mon renoncement à dégager l'homme de mon lit, de ma vie, le symbole de notre rupture et de ma déchéance.

Je vais leur raconter, mon amour, comment on faisait l'amour. Pardonne-moi mais je dois absolument leur dire ce que tu m'as appris, ce que j'ai découvert. Je veux que la terre entière, nos amis, nos parents et même nos enfants sachent, je veux qu'ils lisent plus tard dans la bibliothèque, le désir et le plaisir sans cesse renouvelés, décuplés. Je veux que les autres hommes apprennent à quel point on peut révéler le corps d'une femme. Je veux redéfinir la sexualité et éradiquer la pornographie.

Raconter ce qui m'a animée chaque jour pendant dix ans va, je le pressens, me faire du mal. D'habitude, je chasse ce genre de souvenir, je m'interdis de penser à ce que j'ai quitté, sinon la tentation de plonger dans la lagune de Venise avec trente kilos de cailloux dans chaque poche m'obsède pendant plusieurs jours. Cependant, je vais l'écrire, ici, ce soir, d'une traite et ne plus jamais le relire, je ne suis pas là pour me protéger derrière un bureau ni rédiger la plaidoirie de notre rupture, je suis là pour immortaliser notre amour immense, inégalable.

Tu n'amorçais rien. Tu étais une présence dans la pièce. À parler un peu. Manger, boire avec distinction. Exister et errer dans l'appartement avec raffinement. Être beau. Être doux. Bien sapé. Sentir bon. Parler avec tact, d'une voix calme. N'est pas donné à tout le monde de satisfaire les cinq sens de l'autre.

Tu étais arrogant, tu étais distant, tu étais sombre. Tu ne donnais rien. Tu me regardais à peine. J'ai compris plus tard que tu savais voir sans regarder. Avec discrétion, subtilité, comme aucun autre chien de mec n'a réussi à le faire après toi.

Nous étions à table à mâcher un steak et je me liquéfiais. Pourtant nous vivions ensemble, et ce depuis de nombreuses années, pourtant je vivais, grâce à ton ignorance perpétuelle, un désir de tous les instants.

Tu savais que j'étais prête, tu savais le porte-jarretelles, le body, mon envie de bondir. Tu feignais de t'en apercevoir, tu portais un verre de vin à ta bouche et tu me parlais d'autre chose ; je n'écoutais pas, je regardais tes lèvres bouger. Je n'ai jamais rien écouté de tout ce que tu me racontais. Je te contredisais parfois pour la forme mais je n'étais qu'attente, jeu de séduction, parade nuptiale. Les préliminaires commençaient là, les meilleurs jamais reçus.

Ensuite, il y avait ce temps de latence, on disparaissait sans débarrasser, on se séparait un instant et j'allais dans la salle de bains remplacer mes sous-vêtements trempés, je ne voulais pas que tu me trouves vulgaire, je masquais du mieux possible mon envie bestiale de te lécher le visage et le corps en entier. Sans te prévenir, je me dirigeais vers la chambre, il était 9 heures, 14 heures, 21 heures, minuit, qu'importe, il était toujours l'heure de faire l'amour. Avec toi, je n'ai jamais connu les techniques d'évitement dont parlent les autres, les migraines et la lassitude, je n'ai jamais eu envie ni besoin de te dire non. Je me déshabillais seule et je m'allongeais en sous-vêtements sur le lit en me tortillant tellement le désir était fort, douloureux.

Je ne te prévenais pas et, souvent, tu ne me rejoignais pas. Tu avais des choses à faire, tu ne prenais pas la peine de m'en avertir. J'en crevais. Mais qu'y a-t-il de mieux dans l'amour que d'attendre une peau, d'en perdre la tête jusqu'à l'étourdissement, la folie ?

De ces fois où tu décidais de me rejoindre, je me souviens de toutes. Tu passais le pas de la porte et je roulais sur le lit, je me balançais de droite à gauche comme une bête à l'agonie. À ce moment précis, tu contemplais mon corps nu, mes fesses dans la dentelle et mes seins dans le satin, mes jambes, mon cou. Tout, tu regardais tout, sans bouger. Tu ôtais ta ceinture, je l'entendais cliqueter et tomber sur le sol puis tu souriais, imperceptiblement, d'un seul côté. À partir de là, tu ne lâchais plus mon regard. Maître du temps, tu te déshabillais, tu t'avançais vers moi et je n'attendais jamais que tu m'embrasses le premier, je me relevais et mes mains agrippaient tes cuisses ou tes aisselles, mon visage s'égarait sur ton torse, je te humais de toutes mes forces comme si je t'avais déjà quitté et que j'avais failli te perdre pour toujours.

Tu accrochais tes mains sur mon soutien-gorge, je sentais tes ongles heurter mes tétons et au lieu de m'agresser cela m'excitait davantage. Puis nous faisions ce que tout le monde fait, les mains, les langues, les sexes, mais sans jamais reproduire un script ou une chorégraphie préétablie. On ne jouait pas un rôle, on ne cherchait pas à montrer nos talents. On écoutait seulement le frémissement et les variations de l'autre. Le but n'était pas la jouissance, que nous repoussions sans cesse, le but était la vérité. On ne se quittait pas du regard pour vérifier cette vérité à chaque instant, pour franchir ensemble toutes les limites. J'aimais la façon dont tu prenais ma main et qu'avec la tienne on s'empare à deux de ton sexe ou du mien. Si tu avais pu te lécher pour ne pas me laisser seule à le faire tu l'aurais fait. Tu me pénétrais chaque fois comme si on perdait notre virginité ensemble, tu marquais un temps pour célébrer l'instant sacré. De ce moment de plaisir tant attendu tu renversais ta tête en arrière en plissant les yeux avant de replonger dans les miens. « Oh je t'aime », disais-tu.

D'un tiroir, tu sortais parfois des accessoires que tu avais achetés sans me le dire, mais aussi des huiles et des crèmes ; nos draps suintaient les parfums et les onguents, des sexes en silicone violets ou roses jonchaient le lit. Tu murmurais *Je t'aime* et *Je t'encule* avec la même intensité. Il y avait plusieurs rounds avant que l'on se décide à jouir, à la mi-temps tu allais rechercher du champagne, des fruits, de l'eau, une autre bougie. Le lit devenait un terrain désorienté qui n'était jamais assez grand pour nous, on rouvrait les yeux de temps à autre, hagards, pour vérifier que nous n'en tombions pas. On pouvait faire l'amour toute une nuit, jusqu'à l'aube, et même au bout de dix ans je m'éveillais en rougissant quand les souvenirs de notre transe affleuraient ma conscience.

Tu savais aussi très bien me faire jouir à 13 h 30 en cinq minutes, pendant la sieste d'un bébé, sans aucune autre aide que ton regard. Je n'ai jamais été déçue, frustrée ou salie. Tu ne m'as jamais fait mal. Dans les pornos que je regarde parfois le soir pour trouver le sommeil, je passe les scènes d'étouffements, les vomissements lors des fellations appuyées, je passe aussi les cris hystériques des femmes qui souffrent au lieu de jouir, j'éclate de rire devant les fessées ridicules, les claques sur les vulves, je soupire devant les écartèlements de cuisses et les cunnilingus d'ours, je lève les yeux au ciel, je plains les actrices, je finis par éteindre ces vidéos qui ne m'excitent plus depuis longtemps et je hurle seule dans mon lit en pensant à toi. Je déteste le mot baiser, j'ai toujours détesté le trouver dans les livres, pour moi faire l'amour est un art, chaque coup de hanche doit être un coup de pinceau sur une toile, chaque mot prononcé, aussi vulgaire soit-il, doit ressembler à une poésie. Nous faisions l'amour comme si nous écrivions un roman et je ne tolère rien d'autre.

Après l'amour, je m'asseyais sur le lit et tu contemplais mes cheveux ondulés par l'étreinte. C'était ce que tu préférais, me « coiffer ». Du plat de la main, tu soupesais cette masse vaporeuse qui était ton œuvre. « Qu'est-ce que tu es belle comme ça. » Et je souriais, comblée, les lèvres pulpées d'extase.

Si l'on avait pu m'avertir que les autres seraient décevants, lourds et maladroits, murés dans leur conception de la sexualité, si l'on m'avait prévenue pendant cette période d'épuisement maternel que je retrouverais le désir de nous, je n'aurais pas tout gâché. Je n'appartiens qu'à un seul corps. Tu es ma promesse de l'aube, le regard des autres ne fait que réveiller douloureusement le souvenir du tien.

Deuxième partie

La Porte dorée

Le vent souffle en permanence cette année, ma cheminée hurle, des bruits de tôle froissée s'en échappent, j'imagine des hommes se cogner à l'intérieur. Je pense à la fin du monde. Je pose un oreiller sur ma tête pour faire taire les sifflements puis, dans mes rêves, je patauge dans un marécage, toujours le même. Je suis Heathcliff couvert de boue, j'attends la mort de Catherine Linton.

L'été caniculaire a asséché mes sens, à présent le vent de l'hiver me gronde. Je suis à genoux, je suis dehors, je suis un animal apeuré. Le vent arrache mes cheveux un par un, les branches me griffent le dos, la grêle bleuit mes jambes, je cours le plus vite possible et je me terre dans ma maison en pierre. Je retrouve mon bourbier et mes jambes de plomb.

Un jour, je sortirai mes pieds de la vase et le vent qui m'appelle m'emportera pour de bon.

Il y aurait un avant et un après 15 août. En désactivant mon profil, en congelant mes followers, j'ai mis fin à mon existence numérique. Ceux qui comme toi m'ont connue à cette époque savent à quel point elle me nourrissait et me remplissait tout entière. Or, je n'avais plus rien à dire, plus rien à montrer. Je voulais que ma vie s'arrête, sans l'espoir qu'une autre recommence. Le plus difficile a été de réaliser que la vie continuait après la vie virtuelle.

Le suicide numérique ne résout pas tout. J'étais face à un grand vide et je ne rêvais que d'une seule chose, le dompter. J'ai pris rendez-vous avec une voyante – phase n° 1 du désespoir. La dernière fois que je l'avais consultée, dix ans plus tôt, elle m'avait prédit l'arrivée d'un jeune homme, la réalisation de mon rêve d'écriture, et une très (trop) grande indépendance. Quelques années plus tard, je l'avais jugée compétente.

Après trois heures de route, j'ai retourné la carte du poignard et celle de la mort. La voyante a levé des yeux horrifiés vers moi.

— Quelqu'un sait que vous souffrez comme ça ?

J'ai fait la moue en ravalant un sanglot.

— Non, personne, à part vous maintenant.

— Laissez tomber cet homme tout de suite ! Il ne reviendra jamais ! Au mieux la prochaine fois que vous le verrez pour discuter ce sera au procès !

— Au procès ? ai-je soufflé.

— Allez, retournez trois cartes. Voilà, c'est ça : il collecte de preuves contre vous. Il veut récupérer la garde des enfants, ou quelque chose comme ça. Arrêtez, bon sang ! Il ne vous lit pas de toute façon. Son existence est devenue vengeance. Au fait, pourquoi êtes-vous venue me voir ?

— Parce que… Cela paraît ridicule maintenant après vos prédictions, mais je voulais savoir si un jour nous nous remettrions ensemble.

La voyante a levé les yeux au ciel.

— Mais enfin, madame, vous n'avez même pas 40 ans et vous croyez que votre vie est finie, comme lui l'a cru lorsque vous l'avez quitté ? Il vous le dit sans vous ménager, fermez votre bouche et votre porte. Lui, il semble l'avoir bien verrouillée, n'insistez pas. Qu'est-ce qu'il a de plus que les autres ? Laissez-le dans sa colère ! Je vous le répète, fermez bien la porte !

— Impossible ! Impossible de fermer la porte. La vie sans lui pèse trop lourd. J'ai fait une immense erreur mais je regrette. C'est l'homme de ma vie, il me manque tellement. Je sais qu'il est méchant mais mon existence est pire sans lui. Je donnerais ma voiture à n'importe qui pour qu'il me masse les fesses.

La voyante a froncé les sourcils.

— Vous cassez un beau vase. Vous le recollez avec de la glu. Ça vous viendrait à l'idée de mettre de l'eau dedans ?

— Eh bien… Oui, pourquoi pas ? Sinon pourquoi recoller les morceaux du vase ? ai-je répondu du tac au tac.

— Tsss…, a sifflé la voyante, visiblement agacée que je la contredise et que je ne comprenne pas la métaphore.

Aujourd'hui encore, je pense avoir eu raison, ou bien elle avait mal raconté l'histoire. Un vase recollé avec soin peut très bien contenir de l'eau. J'ai tapé sur Google « remplir un vase recollé » et j'ai découvert le *kintsugi*, ou l'art de réparer les objets en sublimant les cassures grâce à de la laque saupoudrée d'or. « Le *kintsugi* redonne de l'importance au vécu de l'objet et aux accidents qu'il a subis. » Et toc, la voyante. Voilà ce qu'on en fait, des blessures de l'âme : on les enduit d'or.

— Vous vouliez savoir autre chose ?

— Mes enfants vont bien ? ai-je demandé pour paraître moins égoïste.

— Choisissez huit cartes sans les retourner. Très bien, recouvrez celles-ci. Mmmm. Mmmm. Oui, elles vont très bien toutes les trois, le chat aussi.

J'ai écarquillé les yeux, elle était vraiment très forte.

— J'ai une dernière question… Est-ce que mon ex-mari va avoir des enfants avec sa nouvelle copine ?

— Donnez-moi le prénom de la fille, retournez quatre cartes. Alors… Pas du tout, elle sort du jeu très vite, regardez, elle lui prend trop d'argent. D'ailleurs il n'y a pas qu'elle, il est en train de se faire plumer par tout le monde. Mais bon, c'est son choix, il y trouve son compte.

J'ai repris du poil de la bête.

— Et moi, je vais retrouver quelqu'un ?

— Mais bien sûr !

— Euh… Je n'ai pas encore choisi de cartes.

— Ah oui, allez-y. Quatre cartes à gauche, quatre cartes à droite.

— Je vois un homme fort, trois ans de plus que vous, marié mais plus pour longtemps. Il travaille beaucoup. Très bonne entente sexuelle. Vous vivrez au bord de l'eau.

Je n'avais pas tout perdu. Toutefois, je suis rentrée chez moi perplexe, paniquée et surtout très déprimée. Il fallait que j'accepte l'idée de ne plus espérer, de ne plus rien attendre. Sans doute était-ce ce qu'il y avait de mieux à faire pour « tourner la page », « avancer ». J'ai toujours eu ces termes en horreur. Pour moi, tout n'est que transformations et métamorphoses. Je n'ai jamais considéré l'existence comme une frise chronologique sur laquelle « on avançait ». On passe plutôt les trois quarts de son existence à reculer.

La mention du procès prenait toute la place dans mon esprit. Je devais m'y préparer. Sous quels motifs m'aurais-tu privée de la garde des enfants ? Je ne me droguais pas, je subvenais à leurs besoins. Par prudence, je suis allée jeter les bouteilles en verre vides si jamais la protection de l'enfance faisait un saut par chez moi et me considérait comme alcoolique. Je me suis renseignée sur les avocats de la région doués dans les affaires familiales. Pendant plusieurs nuits, incapable de dormir, j'ai préparé mon discours pour le tribunal. L'audience m'acclamait, tu pleurais, on se retrouvait à la sortie émus et on allait boire un verre. On jurait de ne plus jamais se séparer, Philippine hurlait de joie en nous découvrant ensemble le lendemain au petit-déjeuner.

Si les prédictions de la voyante s'avéraient exactes, il y aurait au moins l'homme fort en porte de sortie. Il pallierait le vide et j'aurais une vie sociale à offrir à mes filles. Qui sait, avec lui je retrouverais peut-être même un semblant de sourire. J'ai décidé, en attendant que tous ces évènements surviennent, d'opter pour la technique du poisson rouge vivant minute par minute, d'arroser mon jardin et de faire du sport. J'ai honoré les invitations en tout genre, les week-ends et les sorties, y trouvant cependant un intérêt décroissant.

Peu à peu, il m'est arrivé cette chose atroce : la liberté.

N'ayant plus besoin de me cacher pour écrire, je n'ai plus écrit. N'ayant plus à demander la permission, je ne suis plus sortie. N'ayant plus à ruser pour passer du temps sur mon téléphone, j'ai supprimé les applications. Ayant moins de linge à laver, j'ai bu la lessive. Ayant trop de livres à lire, j'ai allumé la télévision. Pouvant dormir en paix, je n'ai plus fermé l'œil. J'avais toujours réalisé mes objectifs en étant empêchée, devant gérer une grossesse en même temps qu'un diplôme, une promo malgré un homme jaloux. Aujourd'hui, je me retrouve vieillie, désœuvrée face au temps offert. Rien n'a changé depuis trois ans, je suis toujours cette femme bloquée, immobile devant la porte. On s'enferme toujours quelque part et la liberté est devenue ma prison.

Combien de temps vais-je devoir purger ma peine ? S'il existait une justice des sentiments amoureux, on me donnerait un nombre d'années à endurer, peut-être même un sursis. Je préférerais encore la sentence de la perpétuité à mes faux espoirs. Je ne demande pas la paix, juste une date provisoire de sortie. J'ai peur d'être enfermée dans le noir pour l'éternité. Combien de temps, combien d'années encore dans ton silence ?

Tu t'appelles Joachim. Tu as 37 ans et tes cheveux poussent au lieu de tomber. Tu es sportif et tu n'as aucune addiction. Tu es raffiné et aucune femme ne t'a jamais dit comment t'habiller. Tu réfléchis avant d'agir, tu démarres toujours après les autres. Étudiant, tu commençais à danser quand les lumières de la boîte se rallumaient. Tu fournis le minimum d'efforts pour le maximum de résultats. Ton problème, c'était la confiance en toi. Malgré l'amour de ta mère, tu as manqué de reconnaissance. Tu as souffert de la comparaison toute ta vie. D'abord avec ton frère, puis avec le premier mari d'Anne. Depuis toujours, tu étais dans la compétition masculine, tu devais faire tes preuves. Leur montrer, à tous, que tu n'étais pas moins bon que ton aîné, que tu n'avais pas piqué la femme de ton meilleur ami par caprice, qu'il y avait quelque chose derrière, quelque chose d'immense. Tu t'es adapté à Anne, à son idéalisme, à sa soif de romanesque. Tu t'es occupé de sa fille comme si c'était la tienne. Un jour, tu as créé ton cabinet, tu as appelé ton père pour qu'il te félicite. Il a préféré voir ton frère et le soir tu as pleuré sur le parquet pendant quatre heures. Tu as continué ta route, avec application. Tu planifiais la vie de famille, tu gérais tous les papiers. Tu as acquis une maison, une voiture, tu es devenu père. Tu as vécu tes plus beaux moments de bonheur partagé. Mais ça ne suffisait pas et tu serrais les dents. Tu portais des petits pulls à col rond de médecin de ville. On t'appelait uniquement pour avoir des nouvelles de ton frère, de tes enfants ou du récent succès de ta femme. Pour t'endormir, tu consultais tes comptes, prélèvement par prélèvement. Une nuit, Anne t'a préféré un barman qui possédait la seule chose que tu n'avais pas : la légèreté. Tu as sauté par la fenêtre et elle t'a rattrapé. Tu as eu un mal fou à te remettre de la rupture et tu as erré dans le désert pendant des mois. Tu la suivais dans la rue, tu n'en dormais plus. Tu pratiquais des exercices de respiration le soir. Tu as essayé les sites de rencontre, deux rendez-vous avec des femmes à lunettes et aux mollets épais. Tu n'as pas donné suite. Tu es en quête d'absolu et les levrettes anonymes n'ont aucune saveur pour toi. Pour sortir du brouillard, tu as fait le tour du monde, tu as découvert de nouveaux horizons, puis tu t'es remis en couple avec une jeune femme pleine d'illusions car une seule chose t'importe désormais : l'équilibre et le sourire de tes deux filles.

« Dis donc, Joachim il s'éclate ! Marrakech, Ibiza, Miami, New York, il profite ! » me rapportent les quelques amies que tu n'as pas supprimées de tes contacts – à dessein, je ne peux m'empêcher de le penser. Toi qui n'as jamais rien partagé, qui dénigrais auparavant ma suractivité numérique, voilà qu'en plein déclin des réseaux sociaux tu postes des photos de toi et des vidéos de tes soirées. Tu ajoutes même des hashtags en anglais. Tu as changé de style : petite barbe, casquette à l'envers, tee-shirts larges et colorés, baskets, et hop, tu enfourches ta moto. Tu as un acolyte, aussi beau, drôle et célibataire que toi et qui est dans tous les carnets d'adresses des filles les plus branchées de Paris. Je ne parviens pas à comprendre ce qui s'active en toi depuis notre rupture, le besoin de terminer avec une autre ce que j'ai stoppé ou les prémices d'une crise existentielle. Quand je te vois arborant ton nouveau look, je ne peux m'empêcher de me demander si tu joues toujours un rôle.

« Ils sont tous pareils ma pépette ! Arrête de penser que Joachim est différent ! Ils veulent une fille rassurante qui s'occupe d'eux et s'éclater à côté ! Ils veulent protéger leur femme, se sentir indispensables. Seul le projet qu'ils ont en tête les anime ; Joachim veut l'image d'Épinal, une jolie maison, une femme qui l'écoute et lui obéit ! Si elle est un peu bonne au lit et si elle a un minimum de conversation, il sera très heureux. »

Non, Maman, nous avons changé de siècle. Les hommes de nos jours trouvent leur bonheur ailleurs que dans la propriété féminine. Les femmes aujourd'hui ne remercient plus leur mari d'avoir gardé les enfants un après-midi. Et si c'est encore le cas, les femmes quittent les hommes pour casser le système. En les chargeant de nos tâches, nous changeons les modèles : nos filles t'auront toujours vu ranger, cuisiner, les habiller et leur faire des nattes le matin. Elles seront exemptes de tout schéma ancestral, grâce à notre rupture. Nous sommes une génération de couples sacrifiés.

Non, mon amour, tu ne cherches pas quelqu'un qui t'obéisse. Nous avons cette chose en commun : l'idéalisme. Tu te gausses devant tes copains motards d'avoir trouvé une blonde aux gros seins qui récure ta maison, mais c'est du théâtre ; le sentiment de propriétaire, c'est pour ton père ou le mien, pas pour toi. À quelle image d'homme médiéval on te ramène ! L'angoisse pour toi, c'est la moquerie des autres et ils s'en servent. Tu crains de perdre leur respect et ta virilité, quitte à t'oublier. Tu n'es pas cet homme que ma mère décrit. Tu as toujours fait passer le bonheur et le désir des femmes avant le tien, car, malgré l'air vieux jeu que tu empruntes parfois à tes ancêtres masculins, tu ne jouis jamais le premier. Je sais très bien qui j'ai épousé.

Ce soir-là, ce moment charnière où tu m'as dit : « Viens on échange, tu vas bosser et je m'occupe des enfants », je l'ai mal pris et j'ai eu tort. De ton côté, tu t'es senti humilié que j'accepte. Pour moi, c'était une transgression, pour toi, un affront. Pourquoi n'avons-nous pas éclaté de rire, en se tapant dans la main ? Renversons les codes, ils s'étonneront, les autres, ils riront eux aussi – et alors ? puisque ça pourrait sauver notre couple.

La vérité, c'est que ni toi ni moi n'avions envie de ramener l'argent pour tout le monde ni de s'occuper des enfants H-24. Chacune des tâches était trop lourde ou peu gratifiante pour nos compétences. Si notre vie avait pu être une éternelle balade à Venise, mon amour, et non pas deux enfants en bas âge en pleine pandémie, tout cela aurait été beaucoup plus facile, mais qu'aurions-nous apporté à notre descendance ?

Nous nous sommes ainsi retrouvés l'un sans l'autre, à tour de rôle éprouvés puis inquiets qu'un barman et une cavalière nous séparent à tout jamais.

J'ai déjà songé à faire comme toi. À sauter sur le premier gentil venu pour me sauver, mais la gentillesse ne réveille pas l'âme, elle ne souligne pas l'existence.

Mon entourage me somme de « m'ouvrir », de me promener sur les sites de rencontre. Rien que de l'imaginer j'en ai la nausée. Me connaissent-ils donc si peu ? Je ne suis pas ce genre de femme à chercher une « compagnie », je n'en ai rien à faire des critères d'entente. Et si Tinder est fait pour le sexe, j'associe l'application à une multitude d'Oscar en rut qui me plaqueraient contre le frigo sans mettre de capote, tout ça pour finir avec mon autre cuisse bloquée. L'homme qui inscrit sa bio en italique sous une photo de lui, je le méprise déjà, et moi avec lui.

« Mais si ! Tu te sers de Tinder pour faire des rencontres à la chaîne ! Sur cent rencontres y en aura bien un qui te plaira ! » m'a conseillé Chloé.

À ce stade, j'appelle cela de l'acharnement thérapeutique. L'idée d'être en couple avec un type que j'aurais choisi comme le moins pire parmi une centaine d'autres contrarie mes idéaux romantiques. C'est l'idée d'une rencontre hors norme qui m'anime, l'allure et le jeu de regards, c'est uniquement l'histoire autour de la naissance d'une relation qui m'obsède et non pas la perspective de planter des graines de tomate dans mon jardin avec un homme que j'aurais *recruté*.

J'ai vite renoncé à l'idée de « rencontrer quelqu'un ». Je ne veux plus agir contre mon seul objectif, te reconquérir. Je vais commencer dès ce soir et mettre en place le plan n° 1, celui du balcon.

L'idée du plan du balcon est née par hasard. Un soir, en allant me coucher, juste après avoir appuyé sur le bouton de fermeture des volets électriques, j'ai aperçu mon livre posé sur la table basse. Je suis sortie par la porte-fenêtre pour le récupérer, perdue dans mes pensées, sans réaliser que le volet était en train de descendre derrière moi. Quand je me suis retournée, le volet était déjà très bas, impossible de me projeter à plat ventre pour rentrer dans ma chambre comme à la fin de *Fort Boyard.* Je me suis ainsi retrouvée enfermée dehors, au premier étage de ma maison. Heureusement, Rose n'était pas couchée et j'avais mon téléphone sur moi.

Un soir où Rose n'est pas là, je couche Philippine et Gisèle puis je patiente jusqu'à 22 heures. Je me fais jolie mais pas trop, il faut que ça paraisse crédible. Je porte un simple déshabillé en satin vert bouteille, et je me suis fait un maquillage *nude.* Je me poste donc sur le balcon, tremblante, la bouche desséchée et je t'appelle le cœur battant. Tu ne décroches pas. J'insiste. Je finis par te laisser un message vocal :

« Joachim, c'est moi. J'ai un gros problème, je me suis enfermée par mégarde chez moi. Je suis à l'étage, sur le balcon, et ma propriétaire ne répond pas. J'ai essayé d'appeler Chloé mais elle est en vacances dans le Sud. S'il te plaît, peux-tu venir m'aider ? Il faudrait que tu passes par l'arrière de la maison, la porte de la cuisine est ouverte. J'ai peur qu'une des filles se réveille et panique si elle ne me trouve pas, rappelle-moi. »

Tu ne rappelles pas. Je piétine, j'ai soif, je me sens mal. Je ne renonce pas, je réessaie de t'appeler plusieurs fois, en vain. Vers minuit, tu m'écris : « Désolé, je suis en week-end. » Alors, je rentre dans ma chambre puis je me couche, lasse. Je n'avais pas fermé les volets, au cas où tu ne viendrais pas me délivrer.

Le lendemain matin, au réveil, je me bloque le dos en m'étirant à peine. Je cherche des anti-inflammatoires puis j'appelle l'ostéo, heureuse de m'offrir une dose d'ocytocines, la seule hormone que l'on fabrique grâce au toucher.

— Mettez-vous debout, dos à moi. Ici ? devine-t-il en posant un doigt entre l'omoplate et la colonne.

J'esquisse un mouvement de douleur.

— Vous prenez de mauvaises positions au travail ?

— Ça doit être ça, dis-je sans le penser une seconde. Vous allez me débloquer et dans trois mois je reviendrai. Vous me débloquerez de nouveau, et ainsi de suite.

Il me demande de m'allonger sur la table, sur le dos. Mon soutien-gorge trop grand bâille un peu, j'aperçois un téton perdu dans la coque. L'ostéo place son torse contre ma tête et son visage à l'envers apparaît au-dessus de moi.

— Qu'est-ce qui ne va pas ?

— Je trouve qu'on vit trop longtemps. Je ne sais pas pourquoi on s'échine à augmenter l'espérance de vie. Sérieusement, je ne comprends pas...

— Pourquoi on préfère vivre de plus en plus longtemps et de plus en plus mal, c'est ça ?

— C'est exactement ça. Je vais même aller plus loin. On devrait créer des centres de mort assistée pour les gens qui ont fini leur vie. On contrôle bien les naissances, je ne vois pas pourquoi on ne pourrait pas contrôler sa mort. Il y aurait deux ou trois années de réflexion, une interdiction de mourir si mineurs à la maison, un droit de rétractation. Il n'y aurait pas énormément de volontaires et ça diminuerait significativement le taux de suicide. Pourquoi mourir est-il un sujet si tabou ?

L'ostéo soupire.

— Vous êtes en perte de sens, il vous faut un nouveau projet.

— Vous confirmez ma théorie. Toute sa vie on cherche des nouveaux projets pour combler le vide. Tiens, et si j'apprenais le japonais ? Puis j'aurai le projet de partir au Japon. Et après ? Je m'inscris à des cours de ju-jitsu ?

L'ostéo sourit en coin.

— Cela vous irait bien. Au fait, la cuisse droite, elle en est où ?

— Un peu mieux, elle se bloque encore parfois.

— Voyons voir... En effet, elle a plus de laxité qu'à la dernière séance. Inspirez profondément, laissez-vous faire. Pensez à un lieu où vous êtes en sécurité.

Il se poste entre mes jambes et plie ma cuisse de ses deux bras. Je ferme les yeux.

Je pense à Amalfi avec toi, en 2017. Philippine dort, on boit un café sur notre balcon, face à la mer. Après on fait l'amour, tu poses délicatement ta main sur ma bouche quand je jouis, il ne faut pas réveiller bébé tout de suite, encore un peu de temps pour nous. À moitié nue, je lis, c'est au tout début de ma carrière littéraire, tu me soutiens et tu me laisses dans mes pages, la lecture n'est pas encore devenue cet ennemi public numéro un, cet amant de passage séduisant, tu lui fais confiance, tu vois qu'elle m'apaise et me comble sans concurrencer ta présence. Demain, nous escaladerons Capri sans trouver le funiculaire, tu porteras la poussette avec notre bébé dedans sans jamais montrer le moindre signe d'essoufflement, un *ristretto* nous attendra en haut, tu regarderas la villa Malaparte de loin pendant que je photographierai le deuxième tome de *L'Amie prodigieuse*. Ensuite, direction Ravello et la terrasse de l'infini pour clôturer ma lecture de *Croire au merveilleux*.

Ma mère m'appellera le soir, on sera à Positano en train de déguster un spritz en donnant le biberon, je lui dirai que je n'ai jamais été aussi heureuse, que ça s'arrêtera bien un jour tout ce bonheur mais qu'importe puisque chaque matin je pose le pied par terre en exultant, et y a-t-il autre chose qu'une mère veut entendre ?

Depuis Amalfi, j'écourte tous mes voyages. Plus aucun bleu n'égalera celui que l'on voyait depuis les falaises colorées. Aucun vin n'aura le goût du barolo que nous buvions au restaurant de l'hôtel, Philippine endormie dans sa poussette. Amalfi est au sommet de la courbe de Gauss. Nous nous aimions tous les deux de façon égale, nous étions parvenus à un équilibre parfait. Depuis Amalfi, la courbe décroît.

Philippine extrait un morceau de courgette que j'ai caché dans une pâte. Elle le pose sur le bord de l'assiette.

— Pourquoi vous êtes séparés avec Papa ?

Elle m'a posé la question à plusieurs reprises, mais à chaque fois je sèche sur la bonne réponse à lui offrir. À Rose, je répondais simplement : « Parce que je suis tombée amoureuse de Joachim », mais pour Philippine et Gisèle, c'est plus compliqué.

— Justement, mon cœur, je ne sais plus.

Je la vois réfléchir.

— Qui a décidé ?

— C'est moi, ma puce. J'étais malade, je n'arrivais plus à aimer personne.

Philippine trie la culpabilité de l'aveu comme elle trie les courgettes.

— Tu étais amoureuse de Trévor ?

— Je l'ai cru, oui, mais il était juste une porte de sortie. J'ai fui. Je voulais être seule.

— Et maintenant tu regrettes ? Tu voudrais revivre avec Papa ?

— Oui.

— Eh bien, il faut lui dire !

— Papa m'en veut. Il ne veut plus me parler. Il dit que c'est très bien comme ça. Et puis maintenant il est avec Lola. C'est son amoureuse.

Philippine sourit.

— Mais non ! Pas du tout ! Il dit que c'est juste une copine !

Je la prends dans mes bras. Si petite, elle ne me juge pas encore. Soudain, je vois ses yeux s'allumer.

— Maman, j'ai une idée ! Tu n'as qu'à imprimer toutes les photos de Papa et toi quand vous étiez amoureux et faire un bel album. Comme celui de notre naissance, tu sais les albums très lourds, eh bien tu fais pareil avec Papa !

— Oui c'est une bonne idée ça, Maman, renchérit Gisèle. Je ne vous ai jamais vus moi, quand vous étiez amoureux, j'étais trop petite !

— Et comme ça, continue Philippine, tu ne seras plus obligée d'y penser, tous les moments d'amoureux seront enfermés dans l'album et tu pourras les oublier !

Je la contemple quelques instants.

— Je crois que c'est ce que je suis en train de faire, mon cœur.

Tu t'appelles Philippine. Tu possèdes une beauté ingénue et, à 7 ans, tu n'en as pas encore conscience. Tes yeux verts sont immenses, ta bouche pulpeuse à l'infini, ton corps celui d'une gymnaste olympique. Tu respires la sensualité. Tu te cambres, tes cheveux épais ramenés en arrière. Quand tu souris, ta gencive forme un cœur et on sourit avec toi.

Tu adules la fiction, en voiture tu inventes des histoires dans ta tête. Tous les livres et les films te transcendent, tu perçois tous les bruits du monde. Bébé, tu hurlais quand la poussette ralentissait. Tu trépignes ou tu dors. Pour toi, tout est mouvement ou ne doit pas être.

Ta naissance est à ton image, intense. Tu es née en une heure, sans péridurale, ta mère a accouché à quatre pattes en sortant du bain, hurlant comme un animal. Elle n'a poussé qu'une fois. Tu étais en pleine forme, souriant sur le sol. Tu l'as rencontrée face à face, pas de biais comme les autres nouveau-nés que l'on dorlote sur la poitrine. Non, entre elle et toi, ça a été un miroir. Nues, les yeux dans les yeux, le cordon pas coupé entre vous, tu as entendu ta mission. Ta mère a su qui tu étais : son double, en mieux, en pire, et tu venais sur terre parachever son œuvre.

Tu feras du théâtre ou tu écriras des livres, tu raconteras ce qu'elle n'a pas su dire. Tu seras malheureuse mais tu seras vivante. Avec toi, ta mère se sentira toujours en trop car de toutes, tu es celle qui lui ressemble le plus. Toi seule comprendras ce texte, son amour immense pour ton père, puis son abandon, toi seule la haïras pour ce qu'elle a fait et lui pardonneras comme aucune autre de tes sœurs ne le fera.

Devant ton portail, je ne saurai me reprendre
Oh, si tu avais su, si tu avais pu comprendre

Les paroles de *Cola Maya* résonnent encore dans ma tête quand je me réveille. C'était agréable ce rêve, j'étais plongée dans le passé, dans mon premier appartement. On faisait l'amour, on s'embrassait en permanence, en costume, en slip, c'est selon les flash-backs du rêve. On riait en écoutant les BB Brunes, tu étais calme, drôle. Je me disais que j'avais eu chaud aux fesses, j'étais chanceuse que tu me pardonnes, j'allais faire profil bas à présent. Je contemplais ta tête pleine de cheveux, je te regardais pisser dans la douche, je trouvais ça tellement doux. Tu m'accompagnais faire les courses, souriant, quelques courgettes à la main, moi ouvrant le sachet en papier pour que tu les glisses à l'intérieur.

Je me suis réveillée apaisée, pleine d'un bonheur inégalable, avant de réaliser que tu ne me parlais plus et que ma mère avait un cancer.

Je l'ai appris hier, quand Maman m'a transmis les résultats de l'IRM. Elle me les envoyait sans comprendre, sans savoir que le ciel allait me tomber sur la tête. Une masse de 5 centimètres sur cinq, ganglions douteux. Quand je l'ai appelée, je l'ai laissée parler pour étouffer mes sanglots naissants. « Tout va bien, elle me disait, c'est peut-être juste un kyste, je vais faire d'autres examens. » Hélas, elle m'avait poussée à faire des études qui me permettaient de traduire une IRM. « Tu pleures ma pépette, a-t-elle fini par comprendre. Pourquoi donc, puisque moi je ne pleure pas ? — Rien, rien, j'ai répondu, je m'inquiète un tout petit peu. »

J'ai tout vu dans cette IRM, j'ai vu l'attente à l'hôpital, j'ai vu le découragement, les examens, les complications, j'ai vu mon frère pleurer, j'ai vu les cheveux de ma mère fondre dans le siphon de la baignoire. Au moment où j'en avais le plus besoin, mon modèle de féminité et de sensualité menaçait de disparaître. Cette femme qui trouvait chaque individu fantastique et digne d'une interview, qui ne sortait jamais sans dire bonjour et au revoir à chaque personne qu'elle croisait était punie par la maladie.

Je pleurais sans m'arrêter, je pleurais en travaillant, je pleurais en entrant dans ma maison, je pleurais en avance, je dépensais mon chagrin avant que la bataille ne commence, j'entamais un deuil avant l'heure, je n'arrêtais pas de pleurer, jour et nuit.

En pleine détresse j'ai vu ton nom s'afficher, un SMS pour une histoire de cahiers d'école oubliés. Mes jambes m'ont poussée vers ma voiture : « J'arrive », t'ai-je écrit en emportant les cahiers.

Tu étais pour moi le garçon du rêve. J'avais tellement besoin de ce garçon, de ses bras à la fois frêles et enveloppants, de ceux qui permettent les rêves et les guérisons.

J'ai sonné à ton portail, debout, dans le froid de mars.

« Les cahiers ne rentrent pas dans la boîte aux lettres ? » m'as-tu écrit.

« Peux-tu sortir deux minutes, s'il te plaît ? J'ai besoin de te parler. »

Comme tu ne répondais pas, j'ai ajouté : « C'est ma mère. »

Au bout de dix minutes d'attente, j'ai reçu : « Je ne pense pas être d'une grande aide, je ne sortirai pas, je préfère par écrit. »

J'ai compris que j'allais pourrir ainsi dans le froid de l'hiver, alors je me suis installée dans ma voiture, devant ton portail, incapable de redémarrer.

J'ai abandonné l'idée du garçon amoureux d'il y a quinze ans avec qui j'écoutais les BB Brunes en faisant l'amour et je t'ai téléphoné, à toi, le père de mes enfants, toi qui aurais peut-être suffisamment d'empathie pour ouvrir ton portail et porter un peu de mon chagrin.

Tu n'as pas décroché, alors je t'ai supplié de sortir, *S'il te plaît, s'il te plaît,* et comme tu ne répondais plus je t'ai envoyé une salve de SMS aussi implorants les uns que les autres, *pourrais-tu sortir stp, stp,* j'avais besoin de toi, *je t'en supplie Joachim, stp.* J'ai tout tenté, j'avais déjà perdu ma dignité et ton amour, je pouvais bien me mettre à genoux. Je regardais cette porte qui ne s'ouvrait pas et je pleurais encore, la tête écrasée sur le volant.

Tu voulais que je t'explique par écrit, pour une fois que je ne me réfugiais pas derrière les mots, j'en étais incapable moi, de t'annoncer que ma mère était malade. Qu'est-ce que je pouvais écrire dans un pauvre message dépourvu d'intonation, « ma mère est malade », en ajoutant des emojis tristes. J'ai fini par faire sécher mes larmes dans la ventilation du pare-brise qui dégivrait, à t'envoyer un vocal sanglotant. Ton portail ne s'est pas ouvert. J'ai attendu encore, longtemps. Je ne réalisais pas ton refus, tu hésitais mais tu allais bientôt sortir, me prendre dans tes bras et me calmer, tu ne pouvais pas me laisser ainsi, j'en étais convaincue et je vérifiais de temps à autre dans le rétroviseur si mon mascara n'avait pas trop coulé. Tu n'es pas sorti et je suis partie.

Plus tard tu m'as écrit : « Je suis navré pour ta maman, je m'arrangerai pour les enfants en cas de besoin. »

Rendez-vous à la Porte dorée

Cette soirée entière passée devant ton portail fermé m'a paru surréaliste. J'ai trouvé ton inhumanité esthétique.

Ta cruauté inflexible est ce que tu possèdes de plus beau.

Je m'imagine à 65 ans, moi aussi atteinte d'un cancer. « Tant qu'on a la santé... » disaient nos aînés, n'ayant jamais entendu parler de la santé mentale. Mes grands-parents voulaient survivre, mes parents ne pensaient qu'à gagner de l'argent ; moi j'ai constamment cherché un sens à l'existence, avant de me rendre à l'évidence : c'était de t'aimer, avec ou sans toi.

L'idée de ma mort prochaine me sidère mais je sens un sentiment de délivrance. Quelque chose met un terme à cette existence trop longue pour moi. C'est interdit de penser ainsi, je ne peux en parler à personne. J'ai 65 ans et cela fait trente ans que j'ai terminé ma vie ; je m'ennuie beaucoup ici, à effectuer des tâches rébarbatives, à garder le cap pour les enfants, à m'occuper des autres. Je ne sais pas où ma mère a trouvé la force de se battre il y a trente ans. Pour quoi faire ? Qu'est-ce qui pouvait bien l'animer encore ? Je trouve cela très mystérieux. Chez nous, on ne vit pas que pour ses enfants. Elle m'a déjà avoué, elle aussi, qu'elle ne savait pas pourquoi on en faisait, puisqu'ils finissent par vous renier, disparaître, ou pire, écrire sur vous. Non, elle se battait pour autre chose, mais quoi ? Comment faisait-elle pour apprendre encore quelque chose des êtres, s'émerveiller du monde, ne pas ressasser ses amours perdues ?

J'ai 65 ans, je vais mourir mais mon âme est déjà montée. Depuis mes 35 ans, je suis en soins palliatifs fictifs. Je n'ai jamais réussi à te reconquérir. Je ne t'ai pas revu, tu ne m'as plus jamais massé les fesses. Je n'ai vécu aucun moment de bonheur depuis que nous nous sommes séparés.

J'ai 65 ans et je peux enfin le clamer, à ceux qui disent que le plus beau est à venir, que la vie est merveilleuse, pleine de surprises, avec ses roses et ses épines. Tous ces moments passés avec toi, Joachim, quand je les ai vécus, j'ai eu la pleine conscience que rien de mieux ne les dépasserait, sinon les égalerait. Je me disais : « Mon Dieu mon Dieu mon Dieu, c'est cela ma vision du bonheur, du romantisme, des vacances, du quotidien, des projets. » J'ai passé le reste de ma vie à jouer en boucle toutes nos soirées, nos crises et nos nuits d'amour. J'ai su que le reste de mon existence serait triste, les projets vains et la séduction inutile. Pendant trente ans, je t'ai vu courir à 2 heures du matin dans cette petite chemise rose de tes 24 ans vers la pépinière pour que je te rejoigne et que nous fassions l'amour n'importe comment dans les ronces.

Pendant trente ans, je t'ai vu en haut du Rialto à 16 heures. Oui, j'ai passé mes trente dernières années à t'embrasser dans la rue du poisson – et essuyer tes larmes. J'ai passé mes trente dernières années à accoucher de nos enfants en te donnant la main, à boire un spritz à Positano et à te demander à quelle heure tu rentrais du travail. J'ai passé mes trente dernières années à me demander pourquoi je t'avais quitté. La maladie est la seule chose qui aura su me libérer de ton souvenir, de ton emprise, ou de notre amour, je n'ai jamais su exactement la nature de notre relation, peu importe, puisqu'elle a su animer toute mon existence.

La vie d'adulte nous apprend à désapprendre. Je pensais que la littérature autorisait à tout sacrifier. Je pensais que travailler dur à l'école me mettrait à l'abri. Je pensais que la sincérité était toujours la meilleure option. Je pensais qu'il fallait réaliser ses rêves. Je pensais que les livres et les enfants me sauveraient. Je pensais que la joie préserverait ma mère du cancer. Je pensais que je mourrais à tes côtés.

Je profite d'un week-end où tu gardes les enfants pour partir à Venise, seule. Il faut que je sorte de mon quotidien, de mon cocon-dépression. J'ai très envie de me noyer dans le passé et la lagune par la même occasion.

Tous les passagers sont en couple et se roulent des pelles devant la porte d'embarquement. Quelle mauvaise idée ai-je eue ! Une angoisse m'envahit, j'étreins mon compagnon de voyage, un sac à dos bleu électrique emprunté à Rose.

Aussitôt sortie du bus sur le Piazzale Roma, je respire à nouveau. Je suis sur le bon chemin. La lagune me le crie à chaque pont, à chaque rue : notre couple n'est pas mort. Venise est sûre d'elle : il est impossible que l'on ne se retrouve pas un jour. Je m'endors dans ma chambre rouge en murmurant des incantations : « Joachim je t'aime. Tu m'entends, je t'aime Joachim. Reviens-moi, s'il te plaît », persuadée que si je me concentre assez, tu les entendras dans ton sommeil.

Le lendemain, je me réveille aux aurores et je pars en direction de la rue du poisson. Après de multiples détours autour du Rialto, je localise le *campo della* Pescaria. L'odeur me prend de plein fouet, elle n'est pas désagréable, plutôt aigre, un mélange d'algues, de vase et de bois mouillé. Je la reconnais, je ne l'avais pas sentie depuis treize ans. Je touche au but, mon cœur s'accélère. Soudain, un renfoncement m'attire : la ruelle. Elle n'est pas linéaire et donc reconnaissable parmi d'autres ; elle est composée de deux parties avec un angle au milieu, c'est pour cela que nous l'avions choisie, elle représentait la cachette idéale. Les tags sur les murs jaunes, l'odeur, et au bout, la lagune derrière le marché. C'est elle. Tu m'avais dit que tu n'avais jamais réussi à la retrouver. Après notre entrevue secrète tu étais revenu seul, quelques mois plus tard, et tu l'avais cherchée, mais dans le désespoir de cette journée compliquée, ta mémoire avait effacé l'itinéraire. Je me sens fière. Je parcours cette ruelle plusieurs fois, c'est bien elle, je la filme et la photographie de long en large. Elle porte désormais un nom : *calle de* l'Ostaria de la Campana, je m'y accroche comme le plus ancien témoin de notre amour.

Je sors du marché, direction le Caffè Quadri, place Saint-Marc, où tu m'as demandé en mariage sept ans plus tôt. Attablée, je t'envoie la photo de la ruelle, sans légende, l'image suffit. Je commande un café et une immense tristesse m'envahit. Je t'imagine recevoir la photo, au petit-déjeuner, les enfants et Lola à côté de toi. À aucun moment ce cliché ne te fait plaisir, au contraire. Même si tu reconnais l'endroit, cette photo t'exaspère, pire, elle te met en colère. Tu n'as aucune indulgence pour ma mélancolie. Tu es en train de te construire une autre vie et je t'implore comme un mendiant de retourner dans le dédale de nos souvenirs. Tu ne zoomeras pas sur les détails, tu ne regarderas pas la localisation dans les infos de la photo, tu ne te demanderas pas si je suis seule à Venise. Tu n'en as rien à foutre. Je te fais pitié. Je ne te donne pas trente secondes pour l'effacer rageusement et passer à autre chose. Tu ne me répondras pas et, dans ton silence éloquent, une phrase tourne en boucle dans ma tête : « Trop tard, il fallait être à l'heure au lieu de rendez-vous. »

Je continue mon pèlerinage. Je marche vers l'Accademia, la vue sur le canal au pied du musée, un restaurant romantique en bordure, est l'une de mes préférées. Je l'avais déjà photographiée avec toi et je recommence, seule. Fière de ma photo, je la retouche et elle devient le fond d'écran de mon téléphone, remplaçant celle de la ruelle une heure auparavant. Je suis le genre de fille à changer de fond d'écran souvent. Je fais demi-tour et je traverse à nouveau la place Saint-Marc, je passe devant le Danieli, le Gabrieli, je marche encore puis je finis *via* Garibaldi, attablée dans un restaurant où nous avions déjeuné ensemble. Quoi que je fasse, je ne fais que rejouer le passé. Mon intuition me guide uniquement vers nos souvenirs, je marche des heures sans réussir à vivre quelque chose de nouveau. Soudain, j'ai l'impression inverse de la veille. Venise est morte et notre couple avec. Tu m'avais dit un jour que tu en avais fait le tour et que tu n'éprouvais plus le besoin d'y aller. Tu y avais achevé quelque chose, quand moi j'essaie en vain de ranimer des souvenirs. Faut-il attendre l'engloutissement de Venise, prévu pour 2100 d'après les experts ? Venise mourra après nous, je ne peux même pas compter sur elle.

Mon hôtel se trouve au pied de l'église San Zulian ; je décide d'y faire un tour. Elle est petite, intimiste et élégante. J'allume deux cierges, le premier pour que ma mère guérisse, le deuxième pour que notre couple ressuscite. Je lève la tête vers le plafond et je me fige. Un homme au milieu d'une fresque implore le ciel, alors qu'il s'y trouve déjà. Dans ses bras tendus, je sens toute son intensité, les autres personnages et anges de la fresque sont transparents comparés à la force qui se dégage de cet homme. Je fonds en larmes, le cou tendu vers le plafond. La beauté frappe toujours par surprise, rien ne laissait présager un plafond aussi grandiose. Je me mets à prier à voix haute. Je prie comme je n'ai jamais appris à le faire, je prie comme une démente. « S'il te plaît, Dieu Tout-Puissant, réalise un miracle. Pardonne mes errances. Donne-moi la force de tenir et de m'occuper de mes enfants jusqu'à ce que

Joachim me pardonne à son tour. Rends-le-moi, je t'en conjure, réunis-nous. »

Je ne peux me détacher de la peinture au plafond. Qui est cet homme, que veut-il me dire ?

Je rentre à mon hôtel et j'allume mon ordinateur. La fresque s'appelle *Le Triomphe de San Zulian*, du peintre vénitien Palma le Jeune. Très bien. Je veux tout savoir sur Palma le Jeune. Je balaie ses œuvres et soudain mon regard s'arrête sur *Rencontre de saint Joachim et sainte Anne*. Mes yeux s'écarquillent ; qui parle de nous ? Qui a osé utiliser nos prénoms cinq siècles avant moi ? Anne et Joachim existaient déjà et je n'étais pas au courant ? Stupéfaite, je lis leur histoire, absente de la Bible, mais provenant du texte apocryphe de saint Jacques. Saint Joachim est le grand-père maternel de Jésus, père de la Vierge Marie, et je ne le savais pas. Je me sens brusquement inculte.

Je lis l'histoire d'Anne et Joachim. Ce dernier a d'abord été maudit car il était stérile. Honteux, il est parti dans le désert sans prévenir sa femme, Anne, la mère de Marie. Anne devait affronter un double deuil, celui de sa maternité et celui de la disparition de Joachim. Puis un ange est apparu au beau milieu du désert pour annoncer à Joachim qu'Anne était enceinte et sa malédiction terminée. Palma le Jeune a peint les retrouvailles émouvantes d'Anne et Joachim, le tableau se trouve à Venise dans l'église San Geremia. Je m'y rends sur-le-champ et j'y reste une heure, ébahie, avant de laisser une offrande démesurée dans l'urne.

Je continue mes recherches sur les parents de la Vierge. La fresque la plus connue et de loin la plus spectaculaire sur le sujet est celle de Giotto qui a peint le cycle entier de la vie de Marie et de Jésus. Elle se situe à la chapelle des Scrovegni, église de l'Arena à Padoue, ville où tu as passé une année de ta vie… La boucle est bouclée. Je regarde ma montre, j'enfile mes baskets. Je monte dans le premier train pour Padoue, je veux voir cette œuvre.

Une heure plus tard, dans cette chapelle bleu et or que Marcel Proust décrit si bien dans *Albertine disparue*, Anne et Joachim s'embrassent devant moi, les yeux grands ouverts. Ils sont magnifiques. La peinture de Giotto s'intitule, en italien : *Incontro alla Porta d'Oro*. Ce que l'on a traduit en français par *Rencontre à la Porte dorée*. Traduction complètement erronée quand on connaît l'histoire. *Incontro* en italien signifie « rencontre » dans le sens « réunion » ou « rendez-vous », à l'instar de *meeting* en anglais. D'ailleurs, la première fresque, celle de Palma le Jeune, s'appelle en italien *Riunione alla Porta d'Oro*, titre bien plus exact. Anne et Joachim ne se rencontrent pas, ils se retrouvent, se réunissent, *s'unissent à nouveau*.

Je reste là deux heures, debout devant eux. La chapelle entière est une œuvre d'art, sans doute l'avais-tu visitée lors de ton année Erasmus et j'étais passée à côté. Personne ne s'embrasse comme ça dans les tableaux du début de la Renaissance, ce qu'a peint Giotto est novateur. Plus loin, son baiser de Judas rappelle le baiser d'Anne et Joachim. Les retrouvailles puis la trahison. Éros et Thanatos, nos compagnons d'une vie.

Mon attention se concentre à présent sur la Porte dorée. Elle est la plus ancienne ouverture pratiquée dans les fortifications de Jérusalem. C'est par cette porte que le Messie entra dans la ville sainte annoncer son avènement après ses quarante jours dans le désert. Et c'est aussi devant cette porte que ses grands-parents se sont retrouvés.

Rendez-vous à la Porte dorée... Bien sûr. Il a fallu que je fasse ce voyage pour découvrir l'existence de ce couple. Je veux les mêmes retrouvailles, *Anne et Joachim à la Porte dorée.* Fini la quarantaine dans le désert ! C'est simple, il me suffit de réserver un vol pour Jérusalem au plus vite. Une fois là-bas, je vais t'inviter et t'y attendre, le temps qu'il faudra. On se retrouvera et...

Mon téléphone sonne, c'est ma mère.

— Anne, ça va ? Qu'est-ce que tu fais ?

— Oh rien, rien, un peu de ménage chez moi !

Une mouette passe près de la fenêtre et ricane de toutes ses forces.

— Qu'est-ce que c'est que ce bruit ? On dirait que tu es à la mer !

— Euh non, pas du tout, c'est le chat qui a faim. Et toi, Maman, comment vas-tu ?

— Je m'inquiète pour toi, Anne. Je sais que tu ne vas pas bien, que tu regrettes Joachim, mais il faut que tu me promettes de passer à autre chose.

Ça ne sert à rien, il faut que tu avances. Il est heureux lui maintenant, laisse tomber, il ne reviendra pas en arrière ! Allez, promets-le-moi.

Je ne réponds rien, si seulement elle savait à quel point je suis loin de t'oublier, ici à Venise, revenant de Padoue, projetant de me rendre à Jérusalem. En cherchant une ruelle, j'ai fini dans une chapelle qui me pousse vers une porte.

Je lui promets sans trop y croire ; San Zulian m'a appelée et ses bras triomphants m'ont donné espoir, je dois me rendre à la Porte dorée.

— Maman, arrête de t'énerver, je vais t'aider.

Rose s'empare de la notice de montage. Je lèche mon doigt ensanglanté. Cela fait deux heures que je m'échine sur cette commode et que je n'avance pas.

— Tu as vissé la planche du fond à l'envers, c'est pour ça. Il faut tout démonter et recommencer, murmure Rose.

Maintenant que je la vois un week-end sur deux, nos rapports se sont améliorés. L'illusion d'être plus heureuse ailleurs, loin de moi, dans une pièce de cinq mètres carrés à l'internat, a pris fin. Elle et moi aurons compris la même chose en même temps : on ne quitte pas toujours une vie imparfaite pour une vie idéale, au contraire.

Rose s'empare du tournevis et entreprend de démonter la planche.

— Philippine ! appelle Rose. Peux-tu aller me chercher mon enceinte, s'il te plaît ?

— Oui, j'arrive, répond Philippine toute affaire cessante, heureuse de rendre service. Toi, Rose, constate-t-elle, tu mets toujours de la musique pour t'encourager.

Soudain, elle aperçoit le sang sur mon doigt. Horrifiée, elle appelle Gisèle qui court chercher un pansement *Reine des neiges*. Elles me serrent avec leurs petits bras, me couvrent de baisers. Nous sommes toutes les quatre assises par terre, au milieu des vis et des bouts de bois. Philippine soupire.

— Si seulement Papa était là, il monterait ton meuble en cinq minutes.

Je déglutis.

— Tu sais, Maman, j'ai expliqué à Papa que tu l'avais quitté parce que tu étais malade. Mais il m'a dit que ce n'était pas vrai, que tu étais très heureuse et que tout allait très bien.

J'en fais tomber mon tournevis, lasse. On ne m'a jamais prise au sérieux. On n'a jamais rien vu d'autre en moi que mon grand sourire pudique et ma coquetterie cache-misère. Toute ma vie j'ai entendu ça.

« Vous ? Seize au bac ? À votre look on n'aurait pas cru. »

« Anne a eu son diplôme ? Les profs lui ont donné parce qu'elle a eu un bébé très jeune. »

« Anne fait le meilleur chiffre du cabinet ? Elle doit coter des actes en plus. »

« Son blog marche bien ? C'est parce qu'elle est mignonne. »

« Anne a vendu 10 000 livres ? C'est parce qu'elle était blogueuse avant. »

« Elle est sortie en poche ? Elle a couché avec qui ? »
« Anne a fait un burn-out ? Mais non, elle est volage. »

Maman est heureuse, Maman va très bien.
Ils pensent que c'est facile, alors que tout n'a été que combat.

« Ne te rends pas malade pour un homme ! » m'ordonne ma mère malade.
« Reprends ta vie en main ! » m'assène une amie.
« Pardonne-toi enfin ! » m'enjoint une autre.
« N'espère rien, Joachim ne te pardonnera jamais ! » martèle mon père.
Je n'en ai rien à faire du pardon. Bien sûr, ma vie serait plus confortable si on invitait des amis à dîner, si tu réparais la machine à laver et si tu emmenais les enfants à l'école le matin, mais ce que je veux retrouver, ce n'est pas le confort, ni avec toi ni avec un autre, non, c'est ton corps, ce sont tes mains et ton regard, c'est faire l'amour avec toi, rire avec toi, voyager avec toi, et qu'importe si tes yeux sont chargés de mépris et de rage.
Notre entourage est unanime : on ne se remettra jamais ensemble. Personne n'a mesuré notre histoire. Ils pensent que c'est la conformité sociale qui me manque alors que c'est uniquement ton regard en biais l'après-midi dans le salon. J'opine du chef et je réponds ce qu'ils veulent entendre : « Promis, je vais passer à autre chose. » Cependant, au fond

de moi, je n'entends que ta voix dans l'avion qui s'éloigne : « On se quittera souvent mais on se retrouvera toujours. »

Je fais partie des amoureuses. Je t'ai donné des enfants pour te garder auprès de moi toute la vie quoi qu'il arrive, quoi que je fasse. Certaines femmes pensent que c'est monstrueux, immature. Ce sont celles qui épousent un gentil monsieur pour enfanter, puis qui apprennent à aimer leur mari avec le temps. Celles-ci sont jugées plus respectables alors que je les trouve calculatrices. Il y a les amoureuses et il y a les mères. Les hommes devraient discerner ce qu'ils cherchent en priorité quand ils s'engagent : vivre un amour intense et destructeur avec une tarée ou se lancer dans des projets de vie et ne jamais souffrir. A priori le choix semble facile, mais certaines amoureuses portent longtemps le masque de la mère pour parvenir à leurs fins.

Les autres mamans sont arrivées en avance, leurs enfants sont peignés pour la chorale de fin d'année. L'église est pleine, mais je te repère immédiatement en entrant. Tu es assis sur le banc du fond, tu discutes avec un papa de l'école. Ma main droite serre la petite main de Philippine et la gauche celle de Gisèle.

— Maman, j'ai peur, je ne veux pas y aller.

Je rassure Philippine alors que je suis morte de trouille, mon cœur bat la chamade, je ne pensais pas que tu viendrais.

— Ne t'inquiète pas, mon ange. Tu as répété toute l'année, tu passes dans les premiers, un chant ou deux, c'est l'affaire de quelques minutes et on rentre après. En plus, tu seras avec toute ta classe.

Elle refuse soudain d'avancer, pétrifiée par le trac. Gisèle lui fait un bisou, passe son petit bras autour de son cou mais rien n'y fait.

— Regarde, Papa est juste là. Il est venu exprès pour t'encourager.

Son visage s'éclaire, elle court vers toi. Gisèle m'entraîne dans ta direction, Philippine t'a sauté dans les bras, tu la cajoles. Tu m'aperçois et tu tournes la tête sans me saluer. Je demeure debout ne sachant que faire, je gêne les personnes derrière moi, je dois m'asseoir. Prudemment, je pose mes fesses sur le banc. Philippine est entre nous deux, surexcitée, heureuse de nous réunir. C'est plus fort qu'elle, elle prend ta main puis la mienne et elle les fait se toucher. Nos phalanges cognent, je suis rouge cramoisi. Tu dégages ta main et j'entends ta voix.

— Rejoins ta classe, ils t'attendent.

Philippine obtempère. Nous nous retrouvons côte à côte. Je suis tellement mal à l'aise que lorsque Gisèle me demande d'aller devant avec elle pour mieux voir sa sœur, j'accepte. En me levant, mon pied bute dans le bois de l'agenouilloir et je m'étale dans l'allée. Un de mes genoux saigne. Mortifiée, je n'ose pas regarder ta réaction, ni celles des autres parents, je me relève avec le peu de dignité qu'il me reste.

Au premier rang, Gisèle assise sur mes cuisses, j'assiste à une deuxième débâcle, celle de Philippine. Dès le début de la chorale, elle se met à gigoter, rougir, se frotter les yeux, elle recule de plus en plus, puis finit par se cacher derrière ses camarades pour pleurer.

— Mais qu'est-ce qu'elle fait, Philippine, Maman ? Pourquoi elle ne chante plus ?

Gisèle se met à pleurer à son tour ; ce spectacle est insoutenable, elle se dégage de mon étreinte et monte sur scène en plein milieu du chant pour consoler sa sœur. Je les rejoins toutes les deux et les entraîne vers l'allée collatérale, à l'abri des regards. Je préfère ne pas croiser la maîtresse, je me dirige vers la sortie. Je t'adresse un regard furtif en secouant la tête ; tu te lèves, surpris.

Enfin dehors, les filles en pleurs, je décrète que je vais les ramener à la maison. Gisèle se jette alors dans tes bras en hurlant de plus belle.

— Je veux rester avec Papa !

— Je ne veux plus que vous soyez séparés ! ajoute Philippine.

Quelques parents debout devant l'église cessent de discuter et observent le spectacle. Tu bredouilles des mots à l'oreille de Gisèle, moi à celle de Philippine. Je réussis tant bien que mal à asseoir nos deux filles dans ma voiture. Quelques minutes plus tard, une moto me double et s'arrête au feu rouge. Tu te retournes, tu me regardes à travers ton casque, puis tu disparais.

J'ai fait imprimer et encadrer sous verre le détail du tableau de Giotto, *Rencontre à la Porte dorée*, puis je l'ai accroché au-dessus de mon lit. Joachim à gauche, Anne à droite. Depuis, je dors à droite du lit. En cas d'insomnie, j'allume ma lampe de chevet et je les contemple. J'imprime leur mouvement dans ma rétine. Anne prend la tête de Joachim à pleines mains, qu'importe si sa barbe pique ou si ses cheveux sentent mauvais après tous ces jours passés dans le désert. Je me reconnais dans son geste, c'est moi qui t'empoigne. Joachim est à ton image : avec retenue, il embrasse Anne en lui posant la main sur l'épaule. Elle paraît obscène à côté de lui qui est si pudique. J'aime le fait qu'ils gardent les yeux ouverts. Au fur et à mesure, je ne vois plus leur baiser mais uniquement le bout de cercle en or dans le coin en haut à droite représentant la Porte dorée. Cette porte m'appelle, je veux entrer dans le tableau comme le ferait Mary Poppins. Passée cette porte, mon existence retrouvera sa saveur d'antan.

The Golden Gate. La Belle Porte. La porte de la miséricorde. La porte de la vie éternelle. « Horaia » ou « Aurea » – belle ou dorée – quel était son vrai nom ? Giotto la représente d'un seul arc de cercle alors qu'elle en est constituée de deux. Il a peint les retrouvailles d'Anne et Joachim sans jamais avoir vu cette porte. Il s'est débrouillé avec son imagination. Pourtant, Giotto a énormément voyagé pour l'époque. Il avait des commandes dans toute l'Italie ; Vasari raconte la frénésie et le génie du peintre qui, pour obéir aux rois et aux seigneurs du pays, quittait régulièrement Florence pour rejoindre Pise, Padoue, Naples, courait à Rome, puis revenait à Florence, et peignait la vie des saints dans leurs lieux sacrés sans y être allé.

C'est dans *La Légende dorée* de Jacques de Voragine que Giotto a puisé son inspiration. Je commande le livre immédiatement à mon libraire. *La Légende dorée*, de nombreuses fois traduite, est d'une richesse insoupçonnée : grâce à son index alphabétique des saints, on dirait la première version du dictionnaire Larousse des prénoms que l'on achète lors d'une première grossesse. Elle possède l'audace de relier le sacré à la fiction, ce qui a produit d'excellentes légendes ayant inspiré les artistes chrétiens du Moyen Âge et de la Renaissance.

Dès la réception du livre, plantée sur le trottoir devant la librairie, je recherche frénétiquement « saint Joachim » dans l'index. Je découvre ainsi la première évocation de la porte : « En arrivant à la

Porte d'or – dit l'ange à Joachim – tu rencontreras ta femme Anne, qui, inquiète de ta longue absence, se réjouira grandement de ta vue ! »

À part la traduction française de *tu rencontreras* au lieu de *tu retrouveras* qui m'irrite à nouveau, je demeure éblouie par ce passage. J'imagine Anne, « pleurant amèrement l'absence de son mari », à qui l'ange annonce leurs retrouvailles imminentes devant la Porte d'or ; elle qui n'y croyait plus se réveille d'un long deuil pour renouer avec son amour disparu. « J'étais veuve et je ne le suis plus ! » clame-t-elle. Évidemment, dans la joie immense de se réunir, Anne et Joachim donnent toutes leurs offrandes à Dieu et promettent de concevoir la mère de Jésus – c'est la moindre des choses. Je ne pense pas trop m'engager en acceptant de te donner une fille exceptionnelle si jamais tu frappes à ma porte, c'est ce que nous avons toujours fait de mieux.

À propos de la Porte dorée, je trouve peu d'iconographies, seul un petit nombre d'artistes y a représenté Anne et Joachim. Les plus connues sont la toile de Lippi ou encore la gravure de Dürer, remarquables. Si ce couple et cette porte sont si peu présents dans l'art, c'est parce que le concile de Trente a fixé des limites à la représentation issue des évangiles apocryphes, pour laisser le privilège à la Sainte Trinité : le Père, le Fils et le Saint-Esprit. Sa rareté ne fait qu'exacerber la fascination que j'éprouve pour ce couple maudit ayant engendré l'intégralité des évangiles. Ce couple rappelle aux croyants que l'infertilité n'est jamais définitive et que tout est encore possible.

— Au fait Maman, dit Philippine en levant un bras et en renversant son verre d'eau sur la table, Lola, eh bah elle va emménager chez Papa pendant les grandes vacances !

— Ah oui ?!

Je m'étouffe.

Rose attrape le rouleau d'essuie-tout pour éponger l'eau qui coule sur mon pied.

— Oui ! renchérit Gisèle. Elle déménage même avec Bouboule, son chat !

— Ah super, je réponds d'une voix blanche, Bouboule va être heureux dans le jardin de Papa, dis donc.

— Et même qu'elle va travailler avec Papa ! Dans son cabinet !

— Mais non, Gisèle, t'as rien compris ! C'était pour rire qu'ils ont dit ça, corrige Philippine.

— Quelqu'un reprendra du gratin ? coupe Rose pour m'éviter une syncope. Non ? Allez, on débarrasse !

Je me ressers un verre de vin. Rose tente une blague, mais je ne suis pas réceptive. Elle monte dans sa chambre et seule dans le salon je repense au 15 août, lorsque j'avais pressenti cette scène, quand j'avais imaginé ce qui allait arriver. Je sens la même chose : la tête me tourne, je m'enfonce à l'infini, je n'en finis plus de chercher le fond du marécage sans jamais trouver l'opportunité de donner un coup de talon.

Au quatrième verre de vin, je t'écris. Je n'ai rien à perdre, j'ai besoin de te dire ce que j'en pense, moi, de Lola et de Bouboule. Finie la hauteur, finie la distance, je ne suis pas une athlète. Je balance des salves de SMS, à raison d'un envoi toutes les dix minutes. Un verre de vin entre chaque.

« Dis-moi, quand Lola sera enceinte, auras-tu l'élégance de me l'annoncer ou je l'apprendrai par Philippine ? »

« À ce propos, es-tu bien sûr de vouloir déraciner Lola de chez elle et répéter le schéma ? »

« Sérieusement tu comptes aller où ? Au square en Bugaboo 4 ? »

« Réponds au moins un truc du genre : "Ta gueule Anne, ça ne te regarde pas, je suis heureux avec elle, on a vécu des choses inoubliables, une passion inédite, j'ai vendu mon âme au diable pour elle, c'est la femme de ma vie et on vit des nuits de sexe comme jamais j'en ai vécu, je ne me vois pas sans elle, je veux qu'elle soit la mère de mes enfants !" »

« *Où s'en vont les souvenirs lorsqu'ils se perdent ?* Tu te souviens de cette chanson ? »

« Ne me pardonne jamais, vieillis avec la mauvaise personne, mais sache que je t'aimerai toujours. »

« Éteins ton téléphone. Je suis épuisée, je veux que tu me bloques, je veux que mes messages soient verts. »

« S'il te plaît, éteins ton téléphone. »

« Éteins-le. »

« Comme quand tu me poussais par terre pour ne pas jouir. »

Tu ne réponds pas. Tu n'as jamais répondu, et tu ne répondras jamais. Tu exultes de ton indifférence, de ta capacité à te contrôler. Alors, comme rien n'est grave et que le bonheur n'existe pas, je m'allonge sur le sol devant la machine à laver et j'envoie un mail à Frédéric Beigbeder.

« Frédéric. Si je meurs cette nuit, je voulais te dire que je t'aime. Je t'ai aimé toute ma vie littéraire sans jamais vouloir coucher avec toi. C'est ce que j'appelle l'amour-admiration, je pourrais t'écouter des heures sans ressentir le besoin de te toucher. Frédéric, je t'ai consacré un chapitre dans chacun de mes romans, tu ne m'en as jamais fait de retour et sache que je m'en moque. Cette nuit est peut-être ma dernière alors sache que tu es mon exemple, tu m'as tout autorisé et qu'importe ces serpents qui sifflent sur ton talent de dandy pudique et provocateur, tu as réussi à vieillir, tu as continué à danser et à sortir et à te droguer. Tu as réussi à écrire sans arrêter de boire comme Despentes, tu as réussi là où j'ai peur d'échouer comme une baleine. Apprends-moi, Frédéric, apprends-moi à conserver la folie et l'envie de draguer des jeunes Russes. Apprends-moi à créer un double littéraire qui exorcisera ses démons à ma place pendant que je confectionnerai des bonshommes en pâte à sel. Apprends-moi à polémiquer et toujours m'en sortir, apprends-moi encore et encore à m'évader par l'autofiction puisque tout est vrai et tellement faux.

Les plus belles fêtes ont lieu à l'intérieur de nous, dis-tu, alors j'enfouis la tête au plus profond de mon sèche-linge où meurent quelques billes Lenor, je m'en fous plein le pif, je hume les torchons chauds, je m'en remplis les naseaux et je pense à toi. Je sniffe comme je n'ai jamais sniffé, Frédéric, je trempe mon nez dans l'adoucissant puis j'hyperventile, je m'en badigeonne les narines et le visage, le bleu coule sur mon peignoir et j'aime ça, je me défonce aux odeurs de calanques artificielles, j'en ai des vertiges si profonds, Frédéric, je meurs dans la lavande et je t'aime. »

Envoyé de mon iPhone.

En relisant mes messages le lendemain matin, je ne me sens pas particulièrement fière de ce débordement. Pour Frédéric Beigbeder, l'honneur est sauf : Google m'a envoyé un message d'erreur, l'adresse mail Yahoo qu'il avait inscrite sur ma dédicace d'*Un roman français* en 2009 est obsolète.

Quant à toi, sans surprise, tu n'as pas répondu et ce qui me rassure, si Lola a lu la conversation, c'est que mes messages la feront peut-être réfléchir avant d'emménager chez toi. De surcroît, je ne l'ai pas insultée, ni elle ni Bouboule.

Comment pourrais-je la haïr, ou lui en vouloir ? Elle fait ce que la plupart des femmes de 30 ans font, ce que j'ai fait avant elle. À sa place, je m'accrocherais au projet Joachim de toutes mes forces. Peu importe si au commencement l'amour est unilatéral, l'attachement fera le reste. Tout quitter pour toi, devenir la sauveuse, l'unique, dans l'espoir d'obtenir de la considération. Un statut social. Un nouveau nom de famille. Et des enfants.

Oui, des enfants, pauvres petits animaux que nous sommes. Guidés pour la plupart par une seule idée tant qu'on ne l'a pas concrétisée plusieurs fois pour ne plus recommencer : nous reproduire. Afin d'arriver à ce but ultime, tout semble surmontable à Lola :

– Jouer avec des enfants qui ne sont pas les siens et balayer les feuilles de ta cour tous les matins.

– Ne plus voir ses parents : « Mais si, on viendra souvent, ne vous inquiétez pas, ce n'est qu'à trois heures de route ! »

– Perdre son cercle social : « Je serai toujours là pour toi, ma poule ! Vous viendrez nous voir cet été, *on* a une piscine et des dépendances ! Et puis, je te donnerai des nouvelles sur Insta ! »

– Se retrouver dans une ville inconnue dans laquelle on n'a pas grandi, qui ne nous ressemble pas, et essayer de s'intégrer à un groupe d'individus que l'on trouve gentils et exotiques mais qui resteront *ad vitam aeternam* des extraterrestres.

– Poser de grandes œillères sur ses propres envies.

Et on dira que c'est de l'amour.

Dans moins de dix ans, quand Lola aura fini de se reproduire, elle sera en pleine crise existentielle et vous ferez chambre à part. Tu revivras la même chose.

Oui, on est prêtes à tout pour posséder un homme. Les femmes sont biaisées en permanence et, quelque part dans le monde, on les lapide. Non, vraiment, je ne ressens aucune haine envers Lola.

Je ferais la même chose à sa place, j'endurerais tout à nouveau. Ni elle ni moi n'abdiquerons, dommage qu'on ne puisse pas faire équipe car, sans l'avoir jamais vue, je me sens proche d'elle. Si je la croisais, je lui dirais : « Lola, je ne te veux pas de mal mais tu es sur mon chemin. » Ou peut-être que je lui dirais, comme m'a dit ton ex quand tu l'as quittée : « Vis ton histoire avec Joachim, il est beau. Oui, il est beau. » Et j'ajouterais : « Fuis ma petite, fuis. » Elle ne sait pas de quoi je suis capable, elle ne connaît pas notre histoire. La vôtre ne sera jamais à la hauteur de celle qu'on a vécue et la seule chose qui m'inquiète est que tu ailles trop loin avec elle et que ce soit trop tard si un jour tu le regrettes. C'est pour ça que je vais tenter le tout pour le tout, le silence a assez duré. Cette fois-ci tu ne pourras pas m'échapper, je vais venir te voir à ton cabinet.

Le nouveau plan est simple. Je vais me pointer à ta sortie du travail, déterminée comme jamais à te faire changer de projet de vie. J'arriverai une bonne demi-heure avant la fin de tes consultations pour être sûre de ne pas te louper. J'attendrai accroupie dans un coin du parking et, dès que tu sortiras, je ramperai vers ta voiture. Tu déverrouilleras les portes mais je ne monterai pas tout de suite. J'attendrai que tu ouvres la portière de gauche et que tu commences à t'asseoir pour bondir aussitôt sur celle de droite. Assis tous les deux, ceintures bouclées, nous serons bien obligés de nous affronter, puisque te courir après dans la rue ou te proposer une entrevue s'est toujours soldé par un échec.

Il y a deux scénarios possibles :

1. Tu acceptes de discuter, à l'arrêt – ou en marche, peu importe – dans ta voiture. Je te demanderai pardon, je te présenterai la nouvelle Anne et sa vision de l'avenir, je te laisserai là sans t'envahir

davantage et libre de réfléchir, puis je sortirai les cornets inférieurs remplis de ton odeur et les tympans encore vibrants de ta voix suave.

2. Tu t'énerves et tu me sommes de dégager de ta voiture.

Ensuite il y a trois solutions :

A. Je ne sors pas, je reste assise. Tu abdiques → retour à la solution 1.

B. Tu me dégages toi-même de la voiture, ce qui a un intérêt majeur : tu devras me toucher et me porter pour me sortir : je n'aurai pas tout perdu.

C. Tu sors de la voiture, mutique, et tu attends sagement que je fasse de même par lassitude. Comme je préfère creuser ma tombe dans ton siège passager que dans mon canapé, je ne sortirai pas → retour à la solution 1.

Quoi qu'il arrive, cette intrusion n'a qu'un seul objectif : permettre de crever l'abcès, envisager les choses sous un angle différent et donc stopper l'emménagement de Lola.

Ce plan bien ficelé en tête, je débarque le jeudi suivant. Sur le parking de ton cabinet, je renonce toutes les deux minutes avant de me ressaisir : je dois le faire, je dois essayer de sauver notre couple, c'est maintenant ou jamais. Je croise d'anciens patients, je tourne la tête vers mon téléphone, l'air occupé. Tu dois finir ton travail à 18 h 30, le temps de te changer tu devrais sortir de là entre 18 h 35 et 19 heures en cas d'imprévu.

18 heures : la salive me manque, mon cœur sort de mes tempes, mes cuisses sont moites et tremblantes. J'ai travaillé ici et nous avons fait le trajet ensemble des centaines de fois. Nous nous sommes aimés pendant dix ans et j'ai peur de te parler cinq minutes, comme si tu étais un inconnu.

19 heures : toujours personne. J'ai mal aux mollets à cause de la position accroupie. Ta voiture, par chance, est garée entre une autre voiture et un buisson, je peux faire des pauses régulièrement pour m'asseoir. Je respire par le nez, je dois absolument avoir l'air calme. Je pense aux conseils de Chloé : une voix grave et posée, un regard haut, à la manière de Lenù dans l'adaptation de *L'Amie prodigieuse*.

19 h 15 : j'entends une voix, je me relève en tremblant et je t'aperçois sur le parking. Tu sembles parler à quelqu'un, à la secrétaire peut-être. Ou bien tu es au téléphone. Dans le reflet de la voiture adjacente, je distingue deux silhouettes. Ce n'était pas prévu dans le plan, je dois savoir avec qui tu es. Je me relève rapidement car tu es encore loin : une fille aux cheveux châtains marche à tes côtés, c'est Lola, c'est évident. Je n'avais pas envisagé cette option, Lola t'a accompagné au travail. Je panique. Je dois absolument me cacher quelque part, je longe le flanc droit de ta voiture dans la position du canard, puis je dépasse l'autre voiture, je m'accroupis entre celle-ci et celle de devant. Le pharmacien qui passe par là me voit et m'interroge du regard : je lui fais les gros yeux et je place l'index devant ma bouche, il

s'éloigne. Je n'ose pas encore me relever, mon cœur bat à tout rompre à l'idée que tu me découvres. Je vous entends marcher, je ne distingue pas vos mots. Lola rit, je crois. Les reflets de tes phares dans la carrosserie noire d'une voiture m'aveuglent, j'entends ton moteur vrombir. Quand je me relève, ta voiture est déjà loin. Vous êtes partis, innocents.

Et le mercredi suivant, tu es là, sifflotant
Dans ton tee-shirt rose même pas moulant
Même en rose tu restes viril, mais qui réussit ça, qui
Ma robe est rose aussi, on est assortis
Et je ne te dis rien, ou presque rien
« Salut, elles sont lavées, elles ont bien mangé »
On est debout tous les quatre sur ce bout de trottoir
Comme tous les mercredis, le temps d'un instant
Le temps d'un bisou à nos enfants
Tu es calme, souriant
Tu passes la main dans tes cheveux brillants
Peut-être que tu viens de baiser
Qu'elle est là à l'intérieur en train de se rhabiller
Et toi tu souris, bêtement
Comme si t'étais heureux, tout ça parce que tu jouis
dedans

Tu dis que c'est simple, avec Lola. Que tu es heureux. *Simple*, as-tu répété en secouant la tête de façon convaincante au mari de Chloé qui me l'a répété aussitôt. « Avec Lola, c'est simple. »

Premièrement, je n'aimerais pas qu'on accole cet adjectif à mon prénom.

Deuxièmement, bien sûr que c'est facile. Car s'il y a bien une chose qui est devenue simple, c'est ta façon de voir l'existence. Toi aussi, tu as compris que la vie d'adulte n'était que compromis, tu as tiré un trait sur tes anciennes exigences. Ce qui te paraissait insupportable autrefois t'amuse aujourd'hui, notre rupture a augmenté ton seuil de tolérance aux maladresses humaines. Quand nous avions 20 ans, tu pouvais te murer dans un mutisme d'une semaine si j'avais mal formulé une phrase. « Je n'ai pas aimé l'intonation de ta phrase, Anne. » Deux semaines si j'avais ri de toi devant Rose. Un mois si son père m'avait envoyé un SMS. Je me souviendrai toujours d'une soirée gâchée à cause du mauvais verre à vin.

Quand je t'ai quitté et que tu t'es retrouvé désespéré, tu as réalisé que l'intonation d'une phrase n'était peut-être pas la pire chose qu'il pouvait t'arriver. Si ta nouvelle copine porte un cadeau de son ex, je suis persuadée que cela ne t'empêchera pas de dormir alors qu'avant tu en aurais vomi. Voilà, maintenant c'est plus simple. Tu attribues tout le mérite à Lola alors que tu as résolu seul ce problème et qu'au passage j'ai réalisé le sale boulot. La bonne nouvelle pour toi, c'est que désormais tout sera simple avec n'importe quelle autre femme dans le monde.

Pour moi aussi, c'est simple aujourd'hui. L'extrême solitude que j'expérimente est si douloureuse que je repense avec honte à mes anciens caprices. Il existe une époque où je pleurais pour obtenir une heure de lecture. Qui était donc cette bovaryste attardée, stressée de ne pas avoir répondu à chacun de ses abonnés, lassée d'aller au parc en famille, énervée de la cacophonie ambiante et des réveils prématurés ? Oserait-elle se plaindre à la femme accablée qui rentre de sa journée de travail pour retrouver les bras mortuaires de sa maison silencieuse ? Après trois années passées dans l'effroi de sa propre compagnie, on se sent heureux d'un moment partagé n'importe où et avec n'importe quel être humain. Une partie de Uno avec ses enfants devient le Nirvana.

Il nous aura fallu expérimenter une vraie épreuve pour prendre conscience de la relative gravité des choses. La vie d'adulte, c'est comprendre que ça peut toujours être pire. J'aimerais revivre, ne serait-ce qu'un instant, l'état de détente absolue, d'excitation et d'assurance légère que je ressentais à mes 20 ans.

Pour nourrir cet espoir, je me force à vivre et j'obéis parfois à l'injonction sociale : je garde les yeux ouverts. On ne sait jamais, si la grande prophétie se réalisait, celle de « refaire ma vie avec quelqu'un de bien ». Cette expression me donne la nausée. Je joue le jeu et, quand je pars en week-end, j'essaie de porter le regard clair de celle qui découvre le monde. Je masque mes bâillements et l'envie furieuse de rentrer à mon hôtel dès le début du dîner. J'entretiens la conversation avec mes voisins de table et j'enchaîne les mondanités. Je suis très forte à cet exercice mais je mets souvent plusieurs jours à m'en remettre, c'est le problème du théâtre. Je tente de copier l'enthousiasme de mes amies, heureuses d'un cocktail à trente euros, d'une robe ajourée. Nous visitons des villes immenses et nous nous rendons dans des lieux grandioses. Plus nous nous mêlons à des foules, plus je me sens seule. On m'invite à Marrakech, à Londres, à Paris. J'accepte toujours, pour qu'on ne m'accuse pas de déprimer dans mon coin. Je marche, je marche dans Paris qui se croit moderne et qui n'a pas avancé depuis *Bel-Ami*. J'avance parmi les ombres de la nuit, celles qui jouent la grande comédie de la vie, les filles pailletées, les filles à poil, les filles riches, les filles qui n'ont jamais accouché ni supporté la colère d'un homme. La jeune fille que j'étais.

Depuis peu, en attendant qu'un dîner se termine, je te parle pour calmer mon impatience. De crainte que quelqu'un ne me voie bouger les lèvres, je me réfugie dans les W-C et je me recueille en silence.

— Joachim mon amour ils sont tous bêtes ici, et vides. Es-tu déjà allé dans ce lieu ? La déco est belle mais la musique est abrutissante. Tu me manques, que fais-tu en ce moment ? Quand est-ce qu'on s'en va, mon amour ? Viens, allez, on revend nos maisons et on s'installe près de Biarritz avec les filles, ça te plairait, toi qui t'es mis au surf, c'est Chloé qui me l'a dit.

Après t'avoir parlé, je me sens mieux et je rejoins mes amies en souriant. C'est venu tout seul, je me suis autorisée à te parler dès que j'en ressentais le besoin.

La première fois, c'était dans un restaurant à Marrakech. J'étais fatiguée du lever aux aurores pour rejoindre l'aéroport, je ne connaissais pas les invités et je dépendais du groupe pour rentrer au riad. J'étais à table, épuisée, un sentiment de vacuité m'envahissait. J'étais à deux doigts de pleurer dans mon assiette et de gâcher la soirée. Mes amis parlaient de sujets qui ne m'intéressaient pas, il fallait hurler pour s'entendre et j'aurais voulu me téléporter chez moi pour suçoter des serviettes. Je me suis levée en direction des toilettes pour me recueillir, seule. Assise sur la cuvette, les mots sont sortis tout seuls :

— Joachim, viens me chercher, s'il te plaît. Je n'en peux plus de faire semblant. Je m'ennuie ici. Comment font-ils, ces gens, pour être aussi heureux ? Il y a même une femme très malade, à table, dont les jours sont comptés, et pourtant elle prend le temps de discuter, elle est agréable et très jolie. Tu ferais quoi, si tu n'avais plus que quelques mois à vivre ? Tu discuterais avec des inconnus à Marrakech ? Comment fait-elle ? Où trouve-t-elle la force ? Son mari est auprès d'elle et c'est tout ce qui compte, je crois. Je sais que j'ai de la chance de découvrir cet endroit exceptionnel, une cour cachée en plein centre de la médina, mais les lieux magiques ne le sont plus depuis que tu n'y es plus. Tous les couples ont tenu le coup ici. Je n'ai pas su faire comme eux. Tu me connais, je n'ai jamais su tenir dans la longueur. J'impulse, puis je disparais. Je donne un coup de boule à la déception. Je suis le Zidane de l'amour, je préfère le scandale à l'échec et le drame au compromis. Si l'on me proposait de mourir ensevelie avec toi sous une dalle de béton, comme Sophie et Julien dans *Jeux d'enfants*, je dirais oui. Je préfère finir empoisonnée comme Juliette, ou le cœur éclaté de chagrin comme Iseult, plutôt que de vivre une histoire qui n'était pas là nôtre. Si seulement tu pouvais me rejoindre, ici, tu casserais les verres et on s'en irait en calèche.

De retour à table, on remarque à peine ma longue absence. Cette parade que j'ai découverte est remarquable. Efficace et salvatrice. De surcroît, j'ai l'impression que tu m'entends quand je m'adresse à toi. La communication que je perçois est aussi forte que si tu étais au bout d'un téléphone. Tu ne réponds rien, bien sûr, je n'entends pas encore des voix, mais je te sens connecté à moi. Tu es là, tu seras toujours là.

Les invitations se superposent, j'accepte désormais avec moins d'angoisse et je m'éclipse au moment où je me sens flancher. Je suis toujours polie, souriante, incapable de partager mes états d'âme dans des lieux supposés festifs. Je suis trop pudique avec ma tristesse.

Le lendemain des soirées, je regrette l'alcool bu et l'argent dépensé. Je maudis les journées embrumées et les maux de tête. L'investissement n'est plus jamais à la hauteur de la fête, je ne sais plus m'amuser.

Il y avait ce livre que j'ai lu petite et dont je ne me souviens plus du titre. C'était l'histoire d'un monde caché pour les enfants. Il fallait un code secret pour y entrer. Seuls les enfants détenaient le code et, à l'intérieur, ce n'était que fête et jeux en folie. Quelques années plus tard, une des petites filles veut retourner dans ce lieu caché. Elle s'y rend, entend les enfants qui s'amusent et dansent de l'autre côté du mur. Elle tape le code, guillerette, mais la porte demeure close. Elle toque sans relâche et au bout d'un moment quelqu'un entrebâille la porte. Elle supplie la personne d'entrer, lui demande le nouveau code, elle connaît bien cet endroit, elle y est venue souvent… Boum, la porte se referme. Son enfance s'est envolée, elle n'a plus le droit de s'amuser. Je suis cette petite fille devant la porte fermée, je ne connais plus les codes. Le problème de la vie d'adulte, ce n'est pas de ne pas trouver d'endroits où badiner, c'est de ne plus y parvenir.

Le jour de mon anniversaire, l'espoir renaît. Je suis conviée à Trouville, à la remise d'un prix littéraire dont je suis membre. Je remercie son président qui, sans le savoir, m'ôte l'humiliation de fêter mes 37 ans seule. Une année se termine avec ce constat : je n'aurai pas fait l'amour l'année de mes 36 ans. Ma mère me dit que c'est du gâchis ; je lui réponds que je me purifie. L'hôtel Flaubert est magnifique, le champagne coule à flots, les organisateurs sont passionnants et décalés. Je me sens à ma place. Pour une fois depuis très longtemps, je t'oublie quelques heures. Une sonnerie retentit pendant le discours, le public râle. À l'issue de la remise de prix, je consulte mon téléphone que j'avais laissé dans un coin ; l'appel était de toi. J'ai un message sur le répondeur, les enfants me souhaitent mon anniversaire sur ton initiative. Cela faisait trois ans que tu ne m'avais pas téléphoné et je demeure dans un état de grande béatitude.

En rentrant de Trouville, portée par l'espoir de te reconquérir, je m'attelle à l'organisation du voyage à Jérusalem. Cette fois-ci, j'élabore un plan très compliqué, à grand renfort de documentaires, livres et fictions en tout genre, réservations, traductions, demandes de renseignements. Je compare les vols, les hôtels, je réfléchis à une date où je pourrais faire garder les enfants et à laquelle tu serais disponible. J'y passe des soirées entières. Je vais m'y rendre un jour avant, seule, pour repérer les lieux. Ensuite, un chauffeur viendra te chercher à l'aéroport de Tel-Aviv pour t'emmener à la Porte dorée où je t'attendrai.

Le jour J, à l'aéroport, je suis tellement concentrée sur la planification du voyage que ma solitude ne me pèse pas. De beaux Israéliens aux yeux verts pullulent devant la porte d'embarquement mais je ne les regarde pas, j'ai une mission. Je sors mon téléphone et je t'envoie ton billet d'avion par mail, ton vol est demain. Mon ventre se serre, je ferme les yeux, pensant à ton sourire et à nos retrouvailles. Tu ne réponds rien.

À la sortie de l'aéroport Ben Gourion de Tel-Aviv, je repère la flopée de pancartes, je me dirige vers celle qui porte mon nom. Ruben m'accueille avec un large sourire ; il parle français, c'est pour cela que je l'ai choisi. Il m'accompagne à un bureau de change, je retire 1 000 shekels pour son pourboire, mes visites et repas. Je dois le mettre en confiance si je veux qu'il adhère à mon plan et s'occupe bien de toi.

L'hôtel, que j'ai choisi près du tombeau de David et de la porte de Sion, ne m'attend qu'à partir de 15 heures ; je demande à Ruben de me déposer en haut du mont des Oliviers. Il obtempère et nous roulons. Il parle peu, mais je perçois à travers ses silences qu'il n'aime pas vraiment Jérusalem, il est jeune et préfère l'effervescence de Tel-Aviv aux tensions de la Ville sainte.

J'entrouvre la fenêtre et je respire l'air d'Israël, j'écoute les bruits. Je ne ressens rien. Je perçois l'odeur des épices, mais elles ne me procurent aucune sensation.

Nous arrivons enfin à Jérusalem, « ville épileptique hoquetant sans trêve de la transe de l'avenir », écrivait Julien Gracq. En haut du mont des Oliviers, au-dessus des jardins de Gethsémani, lieu où Jésus a prié avant son arrestation, je m'assois sur un banc. Ruben me laisse seule et en profite pour aller déjeuner. Je n'ai pas faim, je contemple la vue, les remparts, on ne voit que le dôme du Rocher, clinquant, quand soudain, à sa droite, elle me foudroie : la Porte dorée.

Je me redresse. Debout, les mains jointes posées sur ma bouche, je la fixe de longues minutes, cette double porte au milieu de la muraille. Moins d'un kilomètre nous sépare. Jésus ne pouvait entrer que par cette ouverture, elle est le plus court accès au Temple. Je l'imagine descendre du mont des Oliviers, connaissant son issue, se sacrifiant au nom de l'éternité.

Je n'attends pas le retour de Ruben, je le préviendrai plus tard, mes jambes avancent sans que je les commande. Je dévale la pente, je cours sur les pierres, je piétine les tombes. Jérusalem n'est qu'un parterre de morts. Je traverse le champ d'oliviers, guidée par la vue de cette double arche qui, sous mes yeux, s'agrandit de plus en plus. Je traverse une rocade en regardant à peine, un bus de touristes me klaxonne. Encore un cimetière à traverser et j'y serai.

En m'approchant de la Porte, je ralentis. Je veux l'apprivoiser, je veux graver sa découverte dans ma mémoire. Je veux sentir, ne jamais oublier. Pas à pas, j'atteins l'esplanade, je contourne encore quelques tombes, voilà, j'arrive mon amour.

Je me place devant, au centre, dos au mont des Oliviers, et je lève la tête. Elle est immense, les pierres ont cette couleur sable, incomparable. Ses deux arches sortent du plan de la muraille d'un mètre environ, lui conférant trois dimensions.

Je me heurte à ce constat : la Porte dorée est murée. Je le savais en arrivant ici, pourquoi suis-je étonnée ? Grâce à Google, je l'avais observée sous toutes ses coutures et je m'étais documentée. Soliman le Magnifique a fait murer la Porte dorée en 1541 pour y bloquer l'accès au Messie que les Juifs attendent encore, et qui, selon les textes, entrera par cette porte le jour de son avènement. Personne n'a jamais réussi à la faire rouvrir, elle est murée pour l'éternité. En outre, un cimetière musulman a été construit juste devant : le lieu devenant impur, un grand prêtre comme Jésus ne pourra pas le traverser. D'après les textes, la Porte se rouvrira à la fin des temps, lors de l'Apocalypse. Les morts enterrés à Jérusalem, notamment entre le mont du Temple et celui des Oliviers, seront alors les premiers à connaître la résurrection. La double porte sera celle de leur jugement dernier : *une porte pour l'enfer, une porte pour le paradis*. D'où la prolifération de tombes devant.

Obnubilée par les retrouvailles d'Anne et Joachim, je m'étais focalisée sur leur baiser devant la porte. À présent, le tableau m'apparaît différemment : je suis seule, au milieu des morts, et je ne la traverserai jamais. Mon cœur se serre et je pense à Duras : « Je n'ai jamais rien fait qu'attendre devant la porte fermée. »

Une sensation d'angoisse commence à m'envahir et, de peur que cette impasse engloutisse mes derniers espoirs, j'appelle Ruben à la rescousse, la voix tremblante.

— Vous avez reçu une mauvaise nouvelle, m'dame ?

Je cherche mon reflet dans le rétroviseur, je suis pâle, j'ai la tête de quelqu'un qui vient de se faire larguer.

— Rien de grave, je suis triste que la Porte dorée soit fermée.

Ruben hausse les épaules, il ne comprend pas le problème.

— M'dame, il fallait me le dire, on ne peut pas la traverser mais on peut faire le tour en entrant par la vieille ville, vers le Temple ! Elle est belle aussi, de l'autre côté.

Le lendemain matin, j'attrape mon téléphone à la hâte et je le repose aussitôt, déçue. Je n'ai pas de nouvelles de toi. J'ignore si tu as bien reçu ta carte d'embarquement et si tu es en route pour l'aéroport. Tu me laisseras dans l'incertitude jusqu'au bout. Je décide de me changer les idées et je sors de l'hôtel. Je repère un groupe de pèlerins français et je les suis. Ils se dirigent vers le Mur des lamentations. Je n'avais jamais vu autant de ferveur réunie dans un si petit espace. Le dernier vestige du temple d'Hérode, le seul bout de mur à ne pas avoir été détruit par les Babyloniens, rassemble des centaines de Juifs qui se balancent en continu devant le Mur, de manière brutale, les yeux fermés, murmurant des prières.

Je m'approche et j'agis comme tous les désespérés du monde : je glisse un petit papier entre deux pierres du Mur sur lequel j'ai écrit nos deux prénoms : *Anne et Joachim.*

Ensuite, je fais la queue trois heures au Saint-Sépulcre, le faux tombeau de Jésus. J'imite la femme qui me précède et je caresse la pierre de l'onction, agenouillée. Je formule une brève prière, le temps de passage est minuté.

L'heure de notre rendez-vous approche. Je passe à mon hôtel prendre une douche et me remaquiller. J'appelle Ruben pour qu'il aille te chercher à l'aéroport, muni de sa pancarte *Joachim.*

Je pars une heure avant le rendez-vous et je marche vers la Porte dorée, pensant à mon destin. Au mitan du jour, elle paraît presque blanche. Des touristes et des étudiants squattent devant ; j'attends qu'ils s'en aillent pour m'emparer du lieu.

Je me poste dos à elle, en haut de l'esplanade, face au mont des Oliviers. Je contemple la vue. J'attends une heure ainsi debout, tu ne viens pas. Ruben m'appelle pour m'avertir, tu n'étais pas présent parmi les passagers.

Bien sûr, puisque tu es ici, absent avec moi.

J'ai toujours su que tu ne viendrais pas.

Je regarde la route, le vide, ce serait une belle fin et un grand soulagement de mourir ici, écrasée en bas de l'esplanade. Dieu n'aurait plus qu'à choisir pour moi l'entrée de la porte, paradis ou enfer, et je pense tellement à sauter que je ne saute pas.

L'après-midi s'achève, cela fait plusieurs heures que je n'ai pas bougé. Avant que le soleil ne disparaisse derrière les oliviers, je me retourne vers la porte et, éblouie par les reflets d'or sur la pierre, il me semble qu'elle ne brille que pour nous.

La Porte dorée n'est que le symbole de mon fantasme, construite pour le rêve, fermée pour ne jamais le réaliser. C'est la porte de tous ceux qui sacrifient le réel au nom de l'éternité. C'est la cristallisation d'un idéal que l'on tient à distance pour fertiliser la création. C'est la porte de tous les artistes.

Je sais pourquoi je t'ai quitté. Notre amour est maudit, impossible et inachevé, tu as toujours cru être le remplaçant ou le remplacé alors que tu étais l'Unique. Je t'ai quitté parce qu'un jour nous nous rencontrerons. Ici se termine et commence enfin l'histoire d'Anne et Joachim.

En rentrant de Jérusalem, quelque chose commence à s'effriter en moi, comme l'écorce des arbres que Gisèle déchiquette. « Arrête Gigi, je répète, l'arbre souffre lorsque tu lui enlèves sa peau, il est tout nu, il saigne. Imagine que j'arrache la tienne. » Elle rit à pleines dents puis elle continue de le dépouiller.

Je suis cet arbre, mes branches ne produisent plus de fleurs ni de fruit, je suis un tronc sec et infécond au milieu d'un verger.

Autour de moi, les gens s'activent, organisent des sorties, me parlent comme si de rien n'était, comme si je n'étais pas morte. Je m'étonne qu'ils ne remarquent rien. « Ça va, bon week-end ? » demandent-ils, outrecuidants à leur insu. « Super et toi ? » je leur réponds, alors que j'ai passé mes soirées sur Internet à comparer les effets secondaires des différents antidépresseurs. La solitude et le silence sont devenus mes meilleurs amis. J'ai quitté le foyer pour avoir du calme et je ne le supporte plus.

Je récupère mes filles le lundi soir à l'école et dans la voiture elles me parlent de Lola, de votre balade à vélo, de son chat Bouboule. L'effet de leur récit sur mes entrailles me rappelle celui de « l'ascenseur » à Disneyland, une attraction qui tombe dans le vide, le cœur qui se décroche de dix étages. Je murmure contre mon volant :

— Joachim, s'il te plaît, je ne vais pas y arriver. Je ne sais pas combien de temps je vais pouvoir encore tenir. Aide-moi, s'il te plaît. Fais n'importe quoi, mais aide-moi. Je t'en supplie.

Gisèle aperçoit mon regard sombre, vide, dans le rétroviseur. D'un ton calme, elle me lance :

— Tu sais, Maman, tu me manquerais si tu étais au ciel.

Je me retourne, elle est sérieuse. Elle me rappelle à l'ordre, du haut de ses 4 ans. Elle m'invite à me ressaisir avec douceur, elle a besoin de moi, tant pis si je n'ai personne pour me soutenir. Un proverbe arabe dit : « Tu as des enfants, tu ne peux pas mourir. »

Les jours suivants, je m'occupe. Je cours partout, je récure, je fais du sport tous les jours, ma montre connectée me félicite : « Bravo, Anne, vos anneaux sont déjà bien avancés pour cette heure de la journée ! » Je reçois des trophées dans tous les sens, record de calories battu : « Bravo, Anne, vous avez bien mérité une petite coupe. » J'interprète ma montre à ma manière et le soir je bois, je bois puis je me draine avec des litres d'eau sur mes serviettes-éponges.

Je suçote comme un bébé, je fume, je vapote, je me remplis avec tout ce que je trouve.

Un midi, en sortant de la piscine où j'ai remplacé la pause déjeuner par un deux kilomètres crawl, je ressens une légère douleur en inspirant. Je n'y prête pas attention. Je m'abstiens de fumer pendant quelques heures, puis j'enchaîne les consultations, les chirurgies difficiles. Il y a un pot de départ d'une collègue le soir, puis un deuxième pot avec une amie en ville. Je rentre à minuit, la douleur que j'avais occultée est toujours là, je prends un antalgique, des plantes, je me couche. Je ne dors pas, la douleur s'intensifie, je ne suis bien qu'assise. Je ne panique pas, les enfants sont chez toi, personne ne compte sur moi pour aller à l'école, c'est le bon jour pour être malade. À l'aube, après une nuit blanche, j'envoie un message à mon assistante pour annuler mes patients. Je prends le temps de me laver les cheveux, c'est important, puis je me rends aux urgences. Je dois marquer une pause tous les cinq pas, chaque mouvement me comprime la poitrine et la douleur irradie jusqu'aux molaires, je respire de moins en moins bien.

À l'accueil des urgences, la question : « Bonjour madame, qu'est-ce qui ne va pas ? » me fait fondre en larmes. J'explique ma douleur avec des trémolos dans la voix et des excuses entre chaque mot. L'infirmière me rassure et m'installe dans un brancard. Plus elle montre de l'empathie, plus je pleure. Enfin quelque chose se passe, enfin quelqu'un s'occupe de moi. On me fait un électrocardiogramme en urgence. Le médecin semble rassuré. Je ne pose aucune question, j'ai mal et je ne veux pas rentrer chez moi. L'infirmière m'aide à me déshabiller et à enfiler une blouse d'un beau bleu électrique, puis m'enfonce un cathéter dans le bras. Je vais déjà mieux. Je passe une journée entière sans manger ni boire dans un couloir bruyant et je trouve cela d'une infinie douceur. J'ai une perfusion d'antalgique et je remercie l'infirmière à chacun de ses passages. Je passe des examens et j'attends le verdict. Entre-temps, je t'informe par message de la situation, on ne sait pas ce que j'ai, on vérifie l'infarctus, l'embolie pulmonaire. Tu me réponds une heure plus tard, tu viens de t'organiser, tu iras chercher les filles à ma place ce soir et tu t'en occuperas ce week-end. Je respire mieux, je te remercie. Soudain, tu me demandes si j'ai besoin de quelque chose. C'est le summum. Je nage dans le bonheur. J'ai besoin de mille choses matérielles, des affaires, un chargeur, de l'eau, un goûter, je pourrais inventer n'importe quoi pour que tu débarques mais une fois encore je choisis l'honnêteté : « Que tu poses la main sur mon épaule et que tu me dises : “Ça va aller.” »

Les larmes coulent encore mais je ne les essuie plus. Tu ne me réponds pas, tu ne viens pas à l'hôpital.

Le scanner et l'électrocardiogramme sont rassurants, j'ai une péricardite, m'annonce le médecin : « L'enveloppe qui protège votre cœur est fatiguée. »

Je t'informe du diagnostic et tu réponds : « Repose-toi bien. »

Je rentre chez moi, seule, avec mon aspirine, heureuse de cette belle journée et de ton message.

Je connais une femme qui a quitté son mari puis qui est revenue au bout de quatre ans. À 19 ans, elle a travaillé comme secrétaire dans une petite entreprise. Son patron est tombé amoureux d'elle ; un mariage, six ans et trois enfants plus tard, elle est devenue femme au foyer. Une dizaine d'années a passé, elle a repris ses études, trouvé un métier et quitté son mari pour un homme au physique opposé. Elle s'est installée dans un appartement plus petit, sa mère l'a rejetée et ses enfants sont restés vivre chez leur père, ils ne s'entendaient pas avec l'autre homme ni avec leurs nouveaux frères et sœurs.

Quatre ans plus tard, elle est retournée vivre avec son mari dans la maison. Lui aussi avait fréquenté une autre femme et ils ont repris leur vie là où ils l'avaient laissée.

Aujourd'hui, plus personne dans leur entourage ne leur parle de ces quatre années. C'est un sujet enterré. Ils invitent, voyagent, dorment ensemble, accueillent leurs petits-enfants. Elle ne déborde pas de tendresse pour son mari mais elle le respecte et elle n'est plus jamais repartie. Jusqu'à maintenant, je m'étais toujours demandé pourquoi elle était revenue après ces quatre années. Pourquoi avait-elle fait machine arrière alors qu'elle avait passé le cap difficile de l'indépendance financière et de l'opprobre familial ?

Je voyais souvent cette femme, je déjeunais avec elle une à deux fois par mois. Je n'ai jamais osé lui demander pourquoi elle était revenue, ni si les conséquences de la séparation et la culpabilité ne venaient pas régulièrement troubler leur équilibre.

Je pensais que la raison de son retour était son fils. Il lui en voulait d'avoir voulu divorcer. Aujourd'hui enfin, je la comprends, je sais pourquoi elle est revenue. Pas à cause de son fils, ni de sa propre mère. Pas à cause de l'argent. Non, elle est revenue pour un autre motif. Parce que les moments de bonheur passés avec son mari avant la rupture seraient toujours supérieurs à ceux qu'elle avait cru pouvoir vivre sans lui après. Tout était rattaché à cet homme : sa jeunesse, son insouciance, sa joie d'être en famille. Les souvenirs qu'ils avaient collectés ensemble demeureraient inégalés. Le bonheur avait été et serait avec lui. Quand elle l'a compris, elle a regretté son choix. La nouvelle existence qu'elle avait découverte n'avait pas le parfum souhaité ni la liberté promise. Cette mère a été si déçue qu'un jour elle a demandé pardon et elle est rentrée à la maison.

Cette mère, c'est la tienne.

Le médecin m'a ordonné deux semaines d'arrêt mais je ne peux pas me le permettre. Je me rends au travail essoufflée, mon assistante me regarde d'un air réprobateur. Je suis ainsi, peu prévoyante, je ne pense ni à la maladie ni à la retraite, je ne me sens pas concernée. Je vis très bien et je ne compte économiser ni mon corps ni mon argent pour les jours où je serai diminuée, au contraire. Je prends ce risque. Soit je brille, soit je m'éteins, ça doit être à cause de mon ascendant Lion qui a pris le dessus. Je tape sur Google : « Comment meurent les lions ? » et j'obtiens : « Le lion vieillissant est incapable de défendre sa tribu, il ne trouve plus de groupe. Le lion meurt de faim après une longue errance. Sa seule menace est le braconnage. »

Quelqu'un pourrait m'indiquer l'adresse d'un chasseur ?

Philippine me raconte son week-end en sortant de l'école.

« Comme tu étais malade, on était chez Mamie et Papy, Papa et Lola sont allés à l'anniversaire de ta copine Héloïse, il y avait toutes tes autres copines, c'était une grande fête, il paraît ! »

Mon péricarde tente de gérer quelques instants le muscle qui implose. Tu as présenté Lola à *mes* copines. Elles ont dansé ensemble pendant que je remuais un Aspégic dans un verre d'eau. Dans quelques semaines, Lola aura emménagé ici. Je la croiserai au Monoprix avec mes anciennes amies que je haïrai. Je regarde mes pieds, mes jambes, la gangrène monte et me paralyse. Je vis la même soirée qu'au 15 août. Chaque jour est un 15 août. Marie monte au ciel et mon âme avec elle.

Ma mère brûlée par le traitement s'inquiète, elle m'appelle tous les jours. Elle me secoue, elle m'ordonne de trouver quelqu'un, n'importe qui, de faire comme tout le monde. Ma mère m'aime très fort mais elle ne me connaît pas ; vivre au rabais n'est pas vivre.

Chloé passe à l'improviste pour me secouer. Elle remarque un bouquet de fleurs fanées sur la table de la cuisine, livré il y a quelques jours. Je n'ai pas mis les fleurs dans l'eau, je n'ai jamais lu la carte qui l'accompagnait, dont l'auteur est sans doute un homme bon, drôle et intelligent, mais qui n'est pas toi. Elle jette les fleurs et repart impuissante.

Je tourne le problème en boucle dans ma tête. Qu'est-ce que la porte voulait bien m'indiquer, sinon nos retrouvailles ? Je reprends mes recherches, depuis le début. Je m'obstine. Porte dorée, dans toutes les langues, tous les pays. La porte Dorée de Paris ne serait que la contraction : « d'orée de Paris ». Rien n'est doré là-bas à part la statue d'Athéna, je passe mon chemin.

Soudain, en plein milieu de la page, je lis : « Nancy, la ville aux portes d'or. »

Je m'étouffe de honte. Je suis née et j'ai vécu trente ans dans cette ville et je n'avais même pas pensé à l'architecture de la plus belle place d'Europe, le monument préféré des Français, la place Stanislas à Nancy que ma jeunesse a assiégée sans relâche, sans savoir qu'un jour j'effectuerais des recherches sur toutes les portes dorées du monde. « La ville aux portes d'or. » Avais-je inconsciemment intégré et oublié ce surnom ?

Nous avons habité sous la porte Sainte-Catherine, une des portes d'or, notre lieu de retrouvailles après une première séparation.

Je divorçais et tu rentrais de Padoue, nous vivions alors dans un petit appartement de la vieille ville de Nancy. C'était l'époque de ta culpabilité et nous nous disputions sans cesse. Une nuit, en rentrant de boîte, tu t'es énervé à propos d'un ami commun qui m'avait fait rire, je ne sais plus exactement, je crois même qu'il n'y avait aucune raison. Tu étais parti vers le bar, tu avais bu trois whiskys seul puis tu étais devenu belliqueux, tu ressentais le besoin de t'avilir. Comme je trouvais ta colère injuste, j'ai haussé le ton. Tu es sorti de la boîte sans prévenir et je t'ai couru après.

Je t'ai vu monter dans ta voiture. À peine avais-tu démarré que les gyrophares de la police t'ont rattrapé en même temps que moi qui trottais derrière. Ils t'ont demandé si tu avais bu, tu as acquiescé. Ils t'ont demandé de te garer et ils t'ont placé à l'arrière de leur voiture. J'ai interpellé un des agents pour avoir le droit de t'accompagner mais il m'a priée de rentrer chez moi. J'ai insisté, il a refusé. Comme il allait démarrer et qu'il était hors de question qu'on nous sépare, je suis montée sur le capot de la voiture de police. L'agent a écarquillé les yeux, puis il a ricané.

— D'accord, mademoiselle, montez avec nous, si vous y tenez tant.

Nous avons ainsi passé la nuit en cellule. Ce fut l'une des pires expériences de ma vie, mais au moins je n'ai pas été séparée de toi. Je n'ai jamais regretté d'être montée sur ce capot.

Ce souvenir me donne une nouvelle idée. Nous sommes dimanche soir, tu m'envoies un message : « La. » Tu viens me déposer les filles pour la deuxième semaine des vacances scolaires.

Je cours vers le portail et j'embrasse mes filles avec tendresse. Je leur somme de rentrer à la maison et de m'attendre, je dois parler à Papa. Philippine me lance un regard entendu. Gisèle lui prend la main et elles se dirigent vers l'entrée.

— Je peux te parler ?

Tu secoues la tête avec un air de mépris, sans me regarder, tout en entrant dans ta voiture.

Je savais que tu refuserais, comme d'habitude. Je n'ai plus qu'une chose à faire. Je m'approche de ta voiture et je monte sur le capot.

Il est haut et je glisse un peu, je pensais être plus agile. Je finis par m'asseoir dessus, le menton haut, les bras croisés.

Tu sembles marquer un temps d'arrêt, puis tu sors, impassible.

— Descends, *steplè*.

— Désolée, Joachim, tu ne me laisses pas le choix. Il faut qu'on parle. Pardon pour tous ces messages que je t'envoie le soir lorsque je me sens désespérée, mais je n'arrive pas à faire le deuil de nous.

Tu t'impatientes.

— Allez, descends. Je dois y aller.

Ton visage est fermé. Je résiste. Je tremble. Je perds tous mes moyens d'un seul coup.

— Dis-moi que c'est fini, que tu ne m'aimes plus. Dis-le-moi.

Tu ne réponds rien. Tu sifflotes en faisant le tour de la voiture, patient, exagérément calme.

— Qu'est-ce que tu as fait de ton billet d'avion pour Jérusalem ? Tu l'as archivé dès que tu l'as reçu, n'est-ce pas ? Pourquoi tu ne m'as pas prévenue, au moins ?

Je suis ridicule, les voisins d'en face nous regardent par la fenêtre mais je m'en moque, je continue en criant.

— Pourquoi tu te tais ? Pourquoi tu ne m'aides pas ? Pourquoi ne me le dis-tu pas une bonne fois pour toutes, que c'est fini ? Pourquoi ne prends-tu pas un air contrit, humiliant : « Écoute, Anne, je suis désolé, mais je suis vraiment passé à autre chose » ? Pourquoi me laisses-tu errer dans ton silence qui n'est pour moi qu'un gouffre où recharger mon espoir ? Pourquoi est-ce que tu ne me le dis pas, à moi, comme tu le dis aux autres, que tu ne m'aimeras plus jamais, que tu envisages ton futur avec une autre, pourquoi me laisses-tu agoniser comme un chien ? Pourquoi ?

Tu regardes au loin, comme si tu n'entendais pas.

— Joachim ! Te souviens-tu de la nuit où nous avions fait l'amour sur ton capot, en plein hiver ? Le père de Rose nous cherchait partout et nous nous étions garés dans une ruelle de Nancy, près d'une église. Nous étions à moitié nus sous la neige, toi le jean sur les genoux et moi le collant déchiré, allongée sur ton capot, mes cheveux s'accrochaient dans tes essuie-glaces et tu me faisais l'amour, des gens passaient et on s'en foutait, on ne sentait ni le froid ni le danger. Te souviens-tu des risques que l'on prenait pour un moment de folie ? Dis-moi que tu as tout oublié ou dis-moi que tu m'aimes encore ! Dis-moi qu'on s'en ira un jour !

Tu t'es arrêté de siffloter mais tu demeures silencieux. Je sais que tu m'as entendue. Philippine et Gisèle m'appellent, elles s'impatientent. Je descends de ta voiture, défaite. Jusqu'au bout, tu ne me libères pas.

— C'est bon, tu te rappelles pourquoi tu l'as quitté ? Qui réagirait comme ça, après une déclaration d'amour, qui ? Il n'est pas le seul homme quitté au monde ! Non mais tu te rends compte, déposer une main courante pour harcèlement, j'hallucine ! fulmine Chloé, le courrier de ton avocat à main.

Ce courrier m'encourage sous des termes juridiques peu poétiques à ne plus tenter de m'approcher de toi, à l'oral ou à l'écrit, autrement que pour des questions logistiques à propos des enfants.

Je ferme la porte de la cuisine pour que Philippine et Gisèle n'entendent pas notre conversation.

— N'empêche, la voyante l'avait prédit.

— Ouais… Enfin bon, on attend toujours l'homme fort, râle Chloé en buvant son café.

— C'est peut-être lui l'homme fort en fin de compte ?

— Arrête, Anne, tu es consternante. Son avocat t'envoie une lettre et Joachim est fort ?

— Je n'aurais pas dû monter sur son capot. Il l'a perçu comme de l'agressivité. Par ailleurs, son avocat m'a confié au téléphone qu'il m'avait vue l'attendre devant son cabinet. Moi qui pensais avoir été discrète, je suis passée pour une psychopathe. Ce mec a un sens de l'observation incomparable.

— Oui, oui, il est parfait, on est au courant, marmonne Chloé.

— Sans parler des centaines de SMS que je lui ai envoyés. Il veut que je le laisse tranquille, c'est tout. Mais pourquoi il ne me le dit pas ?

— Parce qu'il ne t'aime plus ! hurle Chloé en fracassant sa tasse sur la table. Parce que c'est un connard, il n'aime personne. Et toi, il te hait, tu le dégoûtes, il ne peut pas supporter ta présence. Il ne répond pas à tes messages parce qu'il ne les lit pas, ou parce qu'il jouit de ta souffrance ! Il n'a jamais été fouiller ton compte Instagram, il a mentionné « Kévin » comme il aurait mentionné « Jean-Jacques », pour dire que de toute façon tu finiras avec un autre. Il ne te surveille pas, il ne te protège pas, arrête de te faire des illusions ! Il ne t'entend pas quand tu lui parles le soir comme une démente ! Tu peux prier toute ta vie si tu le souhaites, t'agenouiller devant lui jusqu'à ta mort, voyager en solo et pleurer dans les aéroports, il ne reviendra pas, il ne fera jamais la paix, que ce soit pour lui, pour toi, pour les enfants ou pour Lola ! Passe à autre chose, tu deviens ridicule à force, tu risques de perdre la garde de tes filles. Trouve-toi une nouvelle source d'inspiration ! Tu veux qu'il soit ta muse toute ta vie, pour le meilleur et pour le pire, c'est ça ?

Une colère gigantesque prend naissance au fond de moi. Je me lève et je rugis.

— Non, il n'est pas ma muse, il est l'homme de ma vie, tu n'as rien compris ! Je l'ai toujours respecté, je n'ai jamais voulu lui faire de mal ! Dégage de chez moi, retourne mentir à ton mari !

Chloé s'empourpre, elle s'empare de son sac à main et quitte ma maison sans un mot.

Aussitôt Chloé partie, j'ouvre mon frigo et je vide frénétiquement la bouteille de vin dans l'évier de la cuisine. J'ouvre les placards, je jette aussi les comprimés pour dormir, ceux pour me calmer, tout. Puis je me tourne vers la machine à laver, je vide la bouteille de lessive et d'adoucissant, je jette les billes et les lingettes parfumées. Je suis une furie. Je cours dans le salon, je débranche ma box que je fracasse contre le sol. Je me rue vers mon sac à main, j'y extrais mon paquet de cigarettes et je les déchiquette une à une. Depuis mon téléphone, je supprime les applications inutiles puis, dans mon répertoire, je bloque toutes mes amies, toutes mes connaissances. Je ne veux plus jamais interagir avec qui que ce soit. Je veux t'attendre et que l'on cesse de m'en empêcher ! Je vais prier jour et nuit pour ton retour et personne ne me détournera de mon objectif. Désormais, ma seule utilité sera de consoler mes enfants, de travailler et de croire en ton retour.

Je veux mettre un terme à mon laisser-aller. Mon heure est venue de dominer le vide. Je consacrerai mon temps libre à avaler des encyclopédies et devenir un puits de science. Je connaîtrai l'art sur le bout des doigts, aucun livre, aucun morceau de musique, aucun tableau n'aura de secret pour moi. Je trouverai une jouissance provisoire dans l'ascétisme.

Fini l'effort social ! Finies les copines qui me détournent de mes aspirations profondes, qui te rabaissent et me noient sous les banalités ! Fini de boire, de fumer ! Finis les plantes, les paniers, les pornos ! Je suis libre ! Libre !

— Je vous le jure, monsieur le juge, j'ai choisi la Bretagne par hasard. « Il n'y a pas de hasard, il n'y a que des rendez-vous », disait Éluard, avez-vous déjà lu Éluard ? J'avais oublié que sainte Anne était la patronne des Bretons et je me suis retrouvée dans cette chapelle parce qu'elle était jolie, c'est tout. Admirez les statues d'Anne et Joachim, lisez cette prière, brûlez un cierge avec nous, maintenant que vous êtes là. Oui, c'est vrai, j'ai demandé à mes filles de prier avec moi, pour réunir notre famille et pour que leur mamie guérisse, y a pas de mal à ça. Ce n'était pas mentionné, dans l'injonction de ne plus approcher leur père, il n'est pas encore devenu une statue à ce que je sache, on a le droit de prier sainte Anne et saint Joachim si ça nous chante. Comment ça, c'est de la manipulation ? C'est scandaleux, on ne va pas me retirer la garde des enfants parce que je les emmène à l'église ?

Je jette un œil aux alentours, le juge n'est pas là. Je secoue la tête pour chasser ma paranoïa. Je m'assois sur un banc avec mes filles. Elles sont fascinées par la lueur des flammes. Nous sommes paisibles ainsi, à nous recueillir. Je réalise que l'angoisse des vacances avec enfants, liée à la recherche incessante d'activités et la fatigue engendrée, a disparu. Je me sens enfin heureuse avec ma progéniture, je suis guérie. Elles sont devenues autonomes, elles manient le second degré avec talent, elles ne se disputent jamais et me couvrent d'amour. Si seulement j'avais tenu le coup, le temps que les années difficiles passent, si seulement j'avais demandé de l'aide quand j'en avais besoin, nous serions tous ensemble réunis dans cette chapelle.

Je te dépose les enfants à mon retour de Bretagne, vous allez partir tous les quatre avec Lola ; j'aperçois les valises bouclées devant le coffre de ta voiture. J'embrasse nos filles et tu ne m'adresses pas la parole. La nuit tombe à 22 heures et le silence m'étouffe. Je respire mal. Je m'empare de mon téléphone mais je n'ai plus aucun numéro, cela fait deux mois que j'ai envoyé balader tout le monde. Chloé m'en veut, ma mère m'appelle mais je ne réponds pas. Je fouille dans les placards à la recherche d'un alcool, ou d'une gélule, tant pis pour mes résolutions, je craque, c'est trop douloureux, il me faut quelque chose. Hélas, j'ai tout jeté, je n'ai plus rien, aucune substance qui pourrait anesthésier ma douleur. Je t'écris des dizaines de messages. « Je vais crever. Je crève. J'eus crevé. » Je conjugue et je chiale. Je me poste sur mon perron, tu vas forcément venir si je menace de disparaître. Aucun phare de voiture n'apparaît, tu ne viens pas me sauver. Mon enceinte passe soudain *Paradise Circus* de Massive Attack, nous avions passé une nuit à faire l'amour sur cette chanson en boucle. Alors je rentre et je danse, je saute, je rampe, je transpire, je me déshabille, je danse à moitié nue devant notre tableau, la nuit est tombée et je continue à danser sur la playlist de nos souvenirs. Le chat m'interrompt, il geint pour avoir sa pâtée, on dirait un ado qui veut du fric, on dirait moi avec toi, il n'a plus aucune dignité, il s'accroche à son existence alors que personne ne se soucie de lui, je l'attrape et je le fous dehors, je verrouille la porte. Il miaule encore et gratte contre la porte-fenêtre, il n'a plus rien à perdre. Je lui adresse un doigt d'honneur à travers la vitre, voilà ce que tu mérites, espèce de chat ! Il s'en moque, il continue à gratter, la force de la vie est implacable, rien n'arrête un animal qui a faim. Je monte le son pour ne plus entendre ses miaulements, je me remets à danser en pensant à toi, et quelques minutes plus tard je finis allongée sur le tapis, haletante, les doigts trempés.

Le lendemain matin, j'ai des courbatures partout, la crise est passée. Une idée m'est apparue pendant la nuit pour occuper mon dimanche. Je me prépare à la hâte et je monte dans ma voiture, direction Castorama. Dans le magasin, excitée par mon projet, je cours dans tous les rayons, telle une mouche désorientée, à la recherche de pots de peinture.

Au milieu d'une étagère, je trouve ce qu'il me faut, j'achète la plus scintillante, la plus clinquante, la peinture la plus dorée qui existe sur le marché. J'en achète quatre pots ainsi qu'une flopée de pinceaux de différentes tailles. Je rentre chez moi à la hâte, je ne me change pas, j'étends une bâche sur le sol, j'arrache le plastique des pinceaux, j'ouvre les pots avec les incisives et, impatiente, j'enduis d'or ma porte d'entrée. J'y passe la journée. C'est du meilleur effet, je suis la seule du quartier à posséder une porte pareille. Pas besoin d'aller jusqu'à Jérusalem, Padoue ou Nancy. La voilà, notre Porte dorée.

Je laisse ensuite sécher et j'entreprends un grand ménage d'été. Je veux que ma maison soit à l'image de sa porte, rutilante. Pièce par pièce, je jette, je dépoussière, j'arrange, j'astique. Il est presque minuit quand je décide de passer l'aspirateur dans la chambre de Gisèle. J'entre dans la pièce, j'allume le plafonnier quand soudain mon regard croise un dessin posé sur son bureau d'écolière. Je m'approche, j'attrape la feuille et nous sommes réunis, je nous reconnais tous les cinq, toi et moi souriants au milieu de la feuille, un cœur entre nos deux têtes. Elle a même dessiné le pendentif que je porte tous les jours, celui que tu m'as offert il y a bientôt dix ans. Elle a respecté les proportions, Rose est aussi grande que moi, Philippine tient le chat dans ses bras. Elle s'est dessinée assise dans l'herbe, à côté de la maison. Un arc-en-ciel et un soleil immense complètent ce paradis enfantin. Jamais elle ne s'était autant appliquée. J'attrape un feutre jaune et je colorie la porte de la maison. Je repose le dessin à sa place et je m'endors dans son lit, son doudou dans mes bras.

Tu t'appelles Gisèle mais tout le monde t'appelle Gigi. Au moment de ce récit, tu as encore les traits d'un poupon. Ta peau est aussi tendre que celle de ton père, le moelleux de tes cuisses n'a d'égal que celui de ton cou, de ton ventre, de ta nuque ronde. Tu es une toute petite fille mais tu as l'intelligence d'une jeune adulte. Tu ne réponds jamais aux questions sans une touche de dérision. Quand tu es fâchée, rien ne te désamorce plus qu'une bonne blague. Tu es intelligente et perspicace. *Tu seras présidente de la République ou Romain Gary*, murmure ta mère quand tu t'endors. Tu boudes les inconnus pour mieux les faire fondre quelques heures plus tard. Rose écoute, Philippine touche, et toi, tu observes. Ironie du sort, tu es la seule qui ait besoin de lunettes. Tu imites d'un air amusé Philippine qui s'agite et qui ne peut pas se passer de toi. Vivre à tes côtés est une fête permanente. Tu es arrivée dans la famille pour ajouter ce qu'il lui manquait : une sérieuse légèreté.

Je suis allée en boîte avec ma fille hier soir. Rien n'a été prémédité, nous attendions patiemment sur le canapé, un bol de pop-corn chaud entre nous, que la connexion internet capricieuse nous permette de visionner un film quand Rose s'est tournée vers moi et m'a lancé :

— Viens Maman, on sort.

Nous avons arpenté quelques rues et traversé des ponts, Rose envoyait des vocaux et je murmurais le poème de Rimbaud : « Par les soirs bleus d'été, j'irai dans les sentiers… » Nous nous sommes installées à une terrasse et j'ai commandé du rhum. Je n'avais plus de batterie, Rose plus de temps d'écran, nous n'étions pas particulièrement habillées ni maquillées. Sans réseau social ni apparat, nous n'avions plus que des pactes à sceller, une moyenne de 13 au premier trimestre contre un voyage aux Antilles, des projets de chanson que l'on composerait à deux, elle la mélodie et moi les textes. J'ai commandé du rhum à nouveau, Rose m'a piqué une cigarette. Elle la fumait de façon très appliquée, les doigts en V, les yeux louchant sur la cigarette horizontale. Vers 23 heures, le son de la musique s'est amplifié à l'intérieur du bar, Rose a commencé à se trémousser.

— Elle veut danser, entrez donc, m'a suggéré le videur, complice. Deux heures plus tard, nos cheveux trempés par la danse, le bar a annoncé sa fermeture prochaine. Les groupes réglaient l'addition et se dirigeaient vers la boîte la plus proche.

— Viens, on y va ! a chanté Rose. Comme ça, ce sera ma première fois avec toi !

Nous avons arrangé nos cheveux aux toilettes et avec sa dernière minute de temps d'écran, Rose a posté une photo de nous souriant dans le miroir, un cocktail à la main.

Nous n'avons rencontré aucune difficulté à pénétrer dans la seule discothèque du centre-ville ; j'avais au préalable conseillé à Rose de ne pas sourire à l'entrée pour ne pas dévoiler son appareil dentaire, son 1,76 mètre ferait le reste.

Nous avons ensuite envahi les lieux en vainqueurs et tandis que nous sautions sur les canapés, nous déhanchions devant les miroirs et hurlions de joie à chaque nouvelle chanson, tenant la dragée haute à tous ceux qui osaient nous interrompre, j'ai réalisé que ma principale obsession était de retourner à cet âge des premières fois où je dansais pour toi et que je n'écrirais toujours que pour retrouver cette sensation d'absolu.

— À taaaable !

— Oooon… Aaaaa… riiiiive ! chantent mes trois filles, en canon.

Elles s'installent. Elles rentrent de vacances, ta mère me les a déposées il y a une demi-heure. Rose est là aussi, de bonne humeur ; je coupe la quiche et remplis leur assiette.

— Pas trop de salade, Maman, murmure Gisèle, clin d'œil à l'appui.

Nous sommes le 15 août et je jurerais qu'un an auparavant, je leur ai servi la même chose. Rien n'a changé depuis. Mon existence s'est momifiée, tout est intact : mes regrets, mes désirs, ma peine. Je n'ai fait aucune rencontre, tu ne m'as pas adressé un seul mot. Personne n'est né, personne n'est mort, personne ne m'a aimée. C'est étrange comme la vie est inégale. Dans ma jeunesse, je pouvais vivre mille bonheurs puis le chaos en quelques semaines, et puis à l'âge adulte, plus rien. Les années se succèdent, identiques. Désormais, mes filles se métamorphosent chaque jour sous mes yeux cernés.

Soudain, la bouche en cœur de Philippine s'ouvre, elle prend une grande inspiration puis elle superpose des mots, formule des phrases. Je le devine à ses yeux, ce qu'elle m'annonce est d'une extrême importance mais mes tympans se bloquent, je n'entends rien. Rose et Gisèle cessent brusquement de manger et lèvent la tête vers moi. Toutes trois guettent ma réaction.

Ma vue se brouille, je baisse les paupières pour me concentrer, je fixe la salade, les bulles d'huile et de vinaigre, je dois me ressaisir.

Ding dong. Quelqu'un est là ! Je rouvre les yeux et je me lève d'un bond, la porte m'appelle.

— Je reviens tout de suite, mes chatons.

— Mais Maman, attends…

Je ne les écoute pas, je cours jusqu'à la porte, je fais attention en l'ouvrant car la peinture n'est pas encore sèche, j'ai ajouté une couche hier soir, là où l'ancien bleu transparaissait.

Tu es là, debout. Tu me souris. Mes filles me crient de revenir mais je suis loin, je ne leur réponds pas. Enfin, Tu me parles.

— Anne, calme-toi, respire. Je suis là, je serai toujours là. Je veille sur toi.

— Maman, tu as entendu ? Lola attend un bébé, on va avoir un petit frère ! crie une voix au loin.

— Ne les écoute pas, Anne. Continue à vivre, continue à m'aimer. Je te promets que dans quelques années nous serons à nouveau réunis, toi et moi, sous cette porte. Je sonnerai comme j'ai sonné ce soir et tu m'ouvriras. Tu m'auras attendu, je t'en serai reconnaissant et qu'importe le reste, je ne te laisserai plus jamais me quitter. Cesse de penser à la mort, tu n'es pas veuve, je suis là, je serai toujours là, tu entends ? Sois-moi fidèle, parle-moi chaque soir. Promets-le-moi.

— Je te le promets, Joachim.

— Maman, tu parles toute seule ? s'inquiète Rose qui m'a rejointe devant la porte d'entrée.

— Je… J'arrive mon cœur, retourne à table.

Rose regarde à droite, à gauche, elle ne Te voit pas. Elle lève les yeux vers la porte d'entrée, elle fixe les endroits où la peinture déborde. Perplexe, elle me demande doucement de regagner la table.

— Laisse-moi une minute, s'il te plaît. Et mangez, ça va être froid.

Rose fronce les sourcils et retourne avec ses sœurs. Tu es toujours face à moi, Tu me souris, je m'approche. Tu me serres dans Tes bras quelques instants, cela me procure un plaisir infini, la chape de plomb qui pesait sur mes épaules s'évapore.

— Je vais te laisser, Anne. Je t'en prie, raconte notre amour. Écris notre Bible.

Ton sourire m'apaise. J'empoigne Ton visage et je T'embrasse, les yeux grands ouverts. Tes lèvres sont aussi tendres qu'auparavant. Je reconnais Ton odeur, Ta peau. Je reconnais tout. Tu poses Ta main sur mon épaule et je me sens emplie d'une joie immense.

— Je t'aime, je murmure.

Je n'entends pas Ta réponse, Tu as disparu.

Plus tard, dans le calme du soir, j'embrasse mes filles une à une et, poussée par ma dernière illusion, le cœur gonflé d'un espoir intarissable, je lève les yeux vers le tableau de Giotto et je commence à écrire.

Vous vous appelez Gisèle, Philippine, Rose, Anne et Joachim et, quoi qu'il arrive, vous avez formé, un jour, le temps d'un livre, une très belle famille.

Remerciements

Merci à Guillaume Robert, vive notre mariage littéraire ! Merci à Sophie de Closets et à toute l'équipe de Flammarion pour son dynamisme et sa bienveillance.

Merci à Djamel Cherigui, pour l'impulsion : « Raconte-la, cette grande désillusion. »

Merci à Bénédicte Piccolillo, alias Voglio.Bene, pour la création de cette couverture magnifique. Merci à Nicole Lhotte et Édith d'avoir organisé notre rencontre.

Merci à toutes les Chloé de ma vie, mes amies.

Merci à mes parents et à mon frère.

NORD COMPO
m u l t i m é d i a

Composition et mise en pages
Nord Compo à Villeneuve-d'Ascq

CET OUVRAGE
A ÉTÉ ACHEVÉ D'IMPRIMER
SUR ROTO-PAGE
PAR L'IMPRIMERIE FLOCH
À MAYENNE EN FÉVRIER 2024

N° d'édition : 624138-0. N° d'impression : 104167
Dépôt légal : mars 2024
Imprimé en France